I0646985

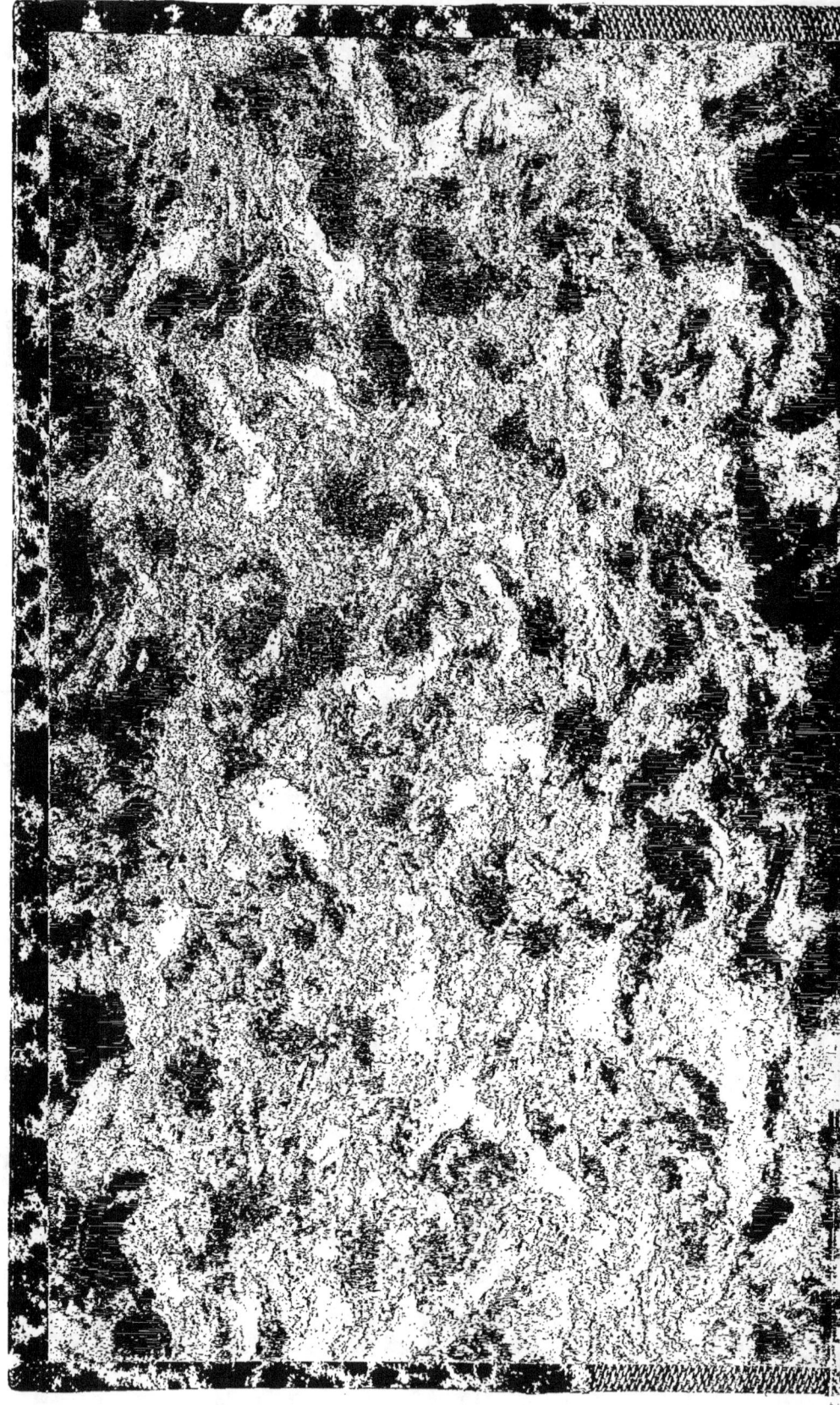

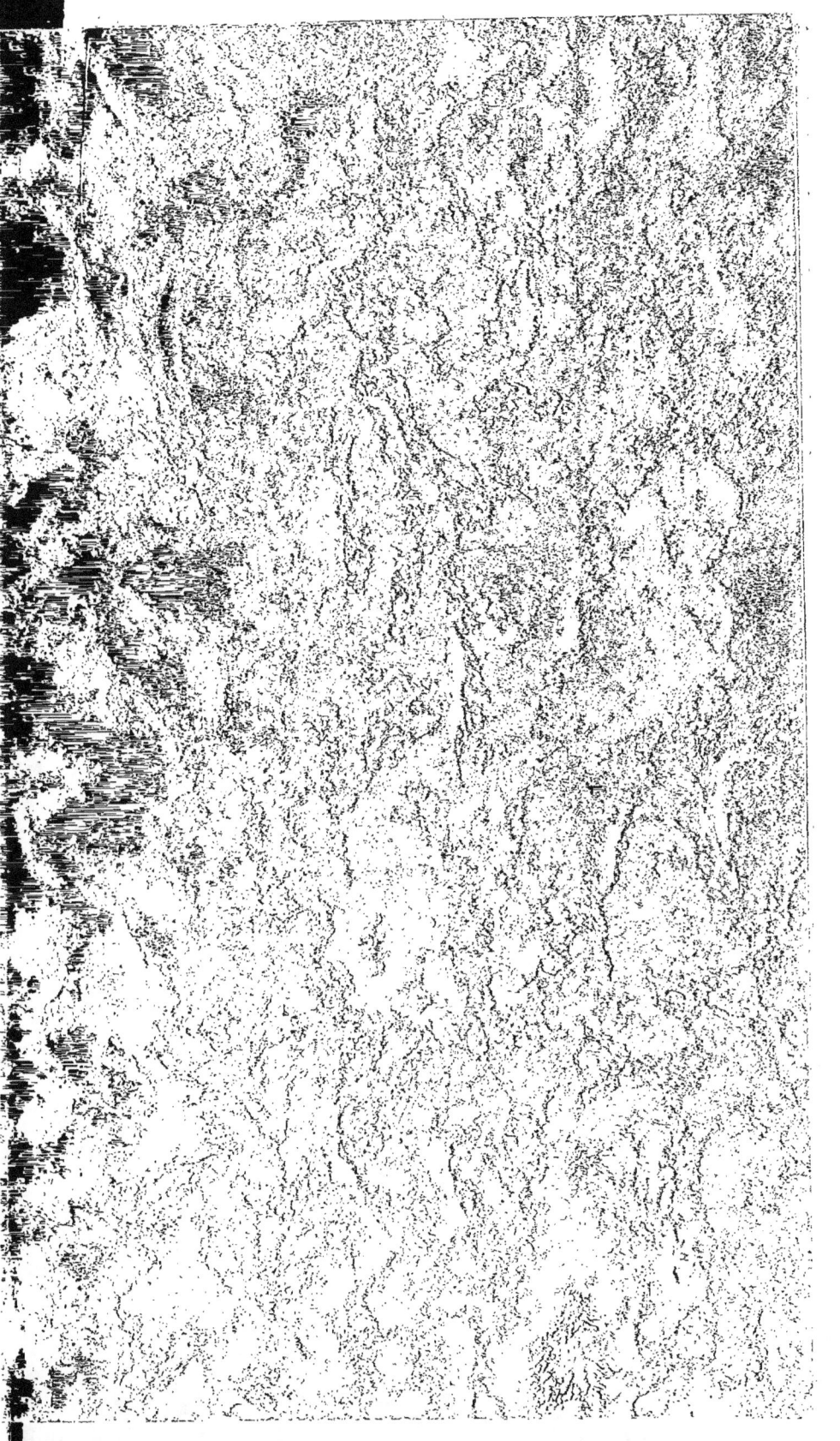

LE ROMAN

D'UNE CRÉOLE

IMPRIMERIE D. BARDIN, A SAINT-GERMAIN.

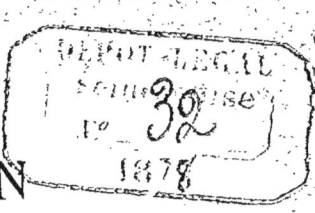

LE ROMAN

D'UNE CRÉOLE

PAR

ANDRÉ SURVILLE

PARIS

AUGUSTE GHIO, ÉDITEUR

PALAIS-ROYAL, 28, GALERIE D'ORLÉANS

—

1878

LE ROMAN
D'UNE CRÉOLE

UN DRAME A ARCACHON

I

Pendant les dernières années de l'empire, il devint à la mode, parmi le beau monde de Bordeaux, d'aller passer tous les étés sur les bords du bassin d'Arcachon : ce fut à ce moment que se bâtirent ces jolis et coquettes villas qui semblent faire assaut entre elles d'élégance et de confortable.

Cette station, pour laquelle l'art a bien plus travaillé que la nature, se trouve, grâce au chemin de fer qui traverse des landes tristes et désertes, à une heure de la grande et commerçante ville de Bordeaux. Ce voisinage est précieux pour tous ceux qui, ayant installé leurs familles à Arcachon, peuvent venir, après les rudes travaux de la semaine, passer le dimanche au bord de la mer. Car c'est une population sage et laborieuse que celle de la capitale de la Gironde, et la fortune n'y fait pas tourner les têtes. Les vieilles maisons de commerce, qui sont l'honneur et la gloire des Bordelais, conservent intactes leurs antiques traditions d'ordre et de probité, et elles ne jettent pas aux quatre vents du ciel les millions accumulés par une suite d'épargnes modestes, de privations sérieuses et de travaux patiemment poursuivis.

Ici, le fils succède à son père, il garde les simples habitudes de ces bureaux discrets où les mêmes employés font les écritures et les comptes depuis quarante ans, et s'il y a quelques exceptions à cet usage, soigneusement maintenu, elles sont rares, et ne manquent pas d'être remarquées, comme un signe de décadence, par les gens sentencieux qui forment une sorte de tribunal où les causes se jugent sans appel.

Aussi, il faut bien le dire, les Bordelais sont très-fiers et quelque peu orgueilleux de la situation de leur bonne ville, et la verve gasconne aidant, ils ne craignent point de vous affirmer qu'il n'y a pas au monde une cité aussi riche, aussi solide et aussi bien posée que la leur dans l'estime universelle.

L'heureux habitant de ces contrées en se rendant à Arcachon y trouve cet avantage de n'être pas obligé de quitter le sol qu'il aime, pour se donner les distractions d'une agréable villégiature. Il faut voir cette petite station balnéaire un dimanche, alors que la foule des promeneurs se presse sur la plage, ou se répand sous l'ombre épaisse des pins de la forêt, si l'on veut avoir une idée des charmes qu'elle peut offrir.

Ce jour-là, il n'y a plus d'affaires, plus de commerce, plus de préoccupations de boutique, il n'y a qu'un peuple ravi de se livrer au plaisir;

et de vivre en plein air pour respirer les émanations salées de l'Océan, en même temps que les parfums résineux des grands bois.

On y a fait bâtir un casino; mais, quoiqu'il soit construit dans une forme attrayante, affectant des allures de mosquée, et situé au milieu d'un beau jardin qui ne saurait prendre le nom de parc, n'étant pas assez vaste pour cette dénomination ambitieuse, il est peu fréquenté le soir; on le trouve trop éloigné, trop solitaire, et les Bordelais préfèrent les douceurs de l'intimité aux émotions que l'on va chercher dans le salon banal de la colonie étrangère.

Quoi qu'il en soit, dans ce milieu tranquille et calme, il y eut, au commencement de l'été de 1866, une petite révolution, causée par l'arrivée bruyante d'une inconnue dont les toilettes excentriques, et les allures étranges bouleversèrent les paisibles habitudes des hôtes d'Arcachon.

Mme d'Algorre était une jeune femme de vingt-huit à vingt-neuf ans; grande et bien faite, elle avait une de ces beautés qui s'imposent.

Lorsqu'elle passait dans la rue, elle avait une tenue si provocante que toute sa personne semblait dire : — *Regardez-moi!*

Et comme si l'on eût obéi à cet attrait mystérieux dont on ne se rend pas compte, chacun se retournait en la voyant, et ne pouvait s'empêcher de murmurer à part soi : *Mon Dieu qu'elle est belle!*

Elle était née au Sénégal d'une mère française et d'un père créole qui avait dans ses veines quelques gouttes de sang espagnol et de sang mulâtre.

M. Joney, officier de fortune, avait usé son existence dans des excès de tout genre: il était mort prématurément, laissant sa femme sans ressources, avec une jeune fille de dix-sept ans qui ne pouvait espérer faire un brillant mariage, n'ayant point de dot. Mais à cet âge, Mlle Luce Joney était déjà savante dans l'art de plaire, et elle ne voulait ni rester vieille fille, ni continuer à habiter le Sénégal, qui ne lui semblait pas un cadre digne de sa beauté.

Elle manœuvra si bien que, peu de temps
après la mort de son père, elle réussit à se faire
épouser par un riche banquier espagnol, M. d'Algorre, qui avait de nombreux comptoirs à Saint-
Louis; mais elle avait obtenu qu'il réalisât sa
fortune, et la conduisît en Europe, où elle espérait briller sur le théâtre d'une grande ville. Sa
mère était morte peu de temps avant son départ;
rien ne l'attachait donc plus au pays de sa nais-
sance, et elle l'avait quitté sans aucune pensée
de retour.

Elle avait successivement habité toutes les
grandes capitales, et le dernier hiver de 1865 à
1866 ayant été passé tout entier à Paris, au
milieu des fêtes perpétuelles où elle se complaisait, les médecins lui avaient ordonné les bains
de mer d'Arcachon, pour rétablir sa santé,
ébranlée par tant de plaisirs.

Tous ces détails, on les tenait de sa femme
de chambre qui se laissait aller, volontiers, à
bavarder au sujet de sa maîtresse. Celle-ci
vivait seule; il n'était plus question de son

mari; l'avait-il abandonnée, ou bien, retenu par ses affaires, voyageait-il dans les pays lointains?...:.. Nul ne le savait.

Mme d'Algorre avait loué une des plus jolies villas qui baignent, dans le bassin d'Arcachon, leurs murs blancs et roses ; quelques bouquets de fleurs semés çà et là, au milieu du gazon bien vert d'un étroit jardin, en égayaient la façade, éclairée, dès le matin, par les rayons ardents du soleil, et protégée contre les caprices des vagues par une charmante terrasse d'où l'on descendait à marée haute pour prendre les bains salés, sans avoir besoin de se rendre à aucun établissement. Une élégante embarcation était attachée au bas du perron, et un batelier, brave marin qui avait fait deux ou trois fois le tour du monde, se tenait constamment aux ordres de la maîtresse de la maison, prêt à la conduire sur tous les points de la côte que sa fantaisie lui désignerait.

Mme d'Algorre était belle de cette beauté singulière qui n'appartient qu'aux créoles; ses yeux bleus, grands et doux, étaient ombragés par

d'épais cils noirs; son front, d'une pâleur mate,
dominait un visage ovale où le sourire semblait toujours épanoui, sur une bouche fraîche
comme une grenade ouverte dont les con-
tours laissaient apercevoir deux rangs de perles
blanches; des narines roses et mobiles termi-
naient un nez d'une finesse exquise; quant à ses
cheveux, ils ondulaient autour de sa tête, et retombaient en boucles noires sur ses épaules.
Pour ne pas dérober à ses admirateurs la vue
de tant d'avantages, il était rare que Mme d'Algorre sortît avec une autre coiffure que la man-
tille espagnole; ses plis, savamment drapés,
donnaient à sa tournure un plus vif attrait, et
accentuaient les nuances de cette coquetterie
féminine dont elle possédait à fond tous les
secrets.

Du reste, elle devait en avoir fait une étude
particulière, car jamais ni sa tête ni ses mains
ne travaillaient à autre chose qu'à orner sa précieuse personne. On ne voyait chez elle ni livres,
ni journaux, ni aucun de ces objets qui déno-

tént la femme intelligente et instruite. Cependant elle daignait s'occuper de musique ; dans son salon, il y avait un piano, une harpe, une guitare et des castagnettes ; mais ce n'était pas l'amour du grand art qui dirigeait son goût pour l'harmonie : non, ses préoccupations étaient plus vulgaires et plus matérielles ; elle ne voulait autre chose que trouver un nouveau moyen de briller, et elle savait bien que la grâce de son attitude, en jouant des castagnettes, ou en s'accompagnant de la guitare, pour faire entendre quelques-unes de ces romances espagnoles, si expressives et si énergiques, avait le don d'exciter l'enthousiasme de ses nombreux adorateurs.

Telle était la femme qui, depuis quinze jours, avait fait son apparition à Arcachon, et soulevait déjà, autour d'elle, une véritable tempête de passions jalouses et d'ambitions mesquines.

Mme d'Algorre, seule, ennuyée et avide de s'assurer tous les hommages masculins, sur lesquels on pouvait compter dans la petite ville, ne restait pas souvent au logis ; elle avait fait

1.

plusieurs visites chez ses voisins, on les lui avait rendues, souvent avec des cartes laissées pendant son absence, en sorte que ses relations de société n'étaient pas très-étendues; on s'en était tenu, prudemment, à cette première démarche, et chacun attendait une occasion pour savoir si la belle étrangère pouvait être admise dans le cercle intime de la famille.

Mais Mme d'Algorre, se souciant peu des usages et des timidités du monde, s'en allait bravement, tous les soirs, au Casino; pendant les premiers jours, sa femme de chambre l'accompagna jusqu'à la porte; cela ne dura pas longtemps. On pense bien qu'une femme, aussi peu scrupuleuse sur les moyens d'arriver à son but, eut bientôt fait d'assez nombreuses connaissances, pour qu'on se disputât le privilége de lui offrir un bras complaisant. Elle l'acceptait, non comme un hommage, mais avec le sentiment de la faveur précieuse accordée à l'heureux mortel qu'elle voulait bien choisir pour son cavalier.

Ces soirées du Casino, où elle attira quelques
autres femmes, car le succès d'une coquette n'est
jamais complet s'il n'est assaisonné de la dé-
faite d'une rivale, devinrent bientôt célèbres dans
la petite colonie d'Arcachon ; on les cita pour la
saveur piquante de leurs plaisirs variés, et la
curiosité aidant, toutes les dames bordelaises,
qui n'avaient pas jugé à propos d'admettre, sans
centrôle, Mme d'Algorre dans leur salon, vinrent,
successivement, se grouper autour d'elle, dans
le cercle où elle trônait avec tant d'éclat.

II

Voyons un peu de quels éléments se composait cette société au milieu de laquelle allait se jouer le drame que des êtres passionnés, comme Mᵐᵉ d'Algorre, semblent inévitablement faire naître sous leurs pas.

Parmi les fidèles d'Arcachon, on remarquait, depuis plusieurs années, M. Paul Anget, ancien marin et commerçant retiré des affaires, quoiqu'il fût jeune encore; c'est à peine s'il avait quarante ans. Sa taille était noble et élevée; son teint, bistré par de longs voyages sur l'Océan, avait quelque chose de mâle et de sérieux qui donnait à sa physionomie un charme puissant; car sous ces dehors un peu rudes, on devinait une âme sensible, et l'énergie personnelle que cet homme avait dû déployer pour se faire sa place au soleil, se fondait en une bonté exquise, lorsqu'il s'agissait de rendre un service ou d'obliger un ami.

Passionné pour la mer, M. Anget restait des heures entières en contemplation devant les eaux profondes de ce lac salé qui va de La Teste de Buch jusqu'aux passes dangereuses devant lesquelles se trouve le phare dont la lumière signale, dans la nuit, l'écueil aux navigateurs.

Il lui semblait, en plongeant ses regards sur les vagues mouvantes qui venaient expirer à ses pieds, ressentir encore les grandes émotions de ces heures solennelles où l'homme, perdu entre le ciel et l'abîme, se sent si bien à la merci des flots, que son âme s'élève et devient religieuse par le sentiment de son impuissance en face du danger.

M. Paul Anget aimait ces rêveries solitaires qui lui rappelaient sa jeunesse, et faisaient naître en lui je ne sais quels regrets poétiques dont il

ne confiait à personne le mystérieux souvenir.
Quelquefois, on le voyait s'élancer seul, dans
une petite yole qu'il manœuvrait avec une habileté vraiment surprenante, se jouant des diffi-
cultés, comme si l'Océan eût été son élément
naturel, et s'étonnant de l'admiration naïve que
son talent de marin consommé attirait autour
de lui !

Cet intrépide voyageur n'était pas marié ; soit
qu'il n'en eût pas trouvé le temps, au milieu de
son existence laborieuse, ainsi qu'il le disait en
plaisantant, soit qu'il n'eût point rencontré encore la femme qui devait le séduire, ou que
l'ayant rencontrée, il n'eût pu l'épouser ; toujours est-il qu'il était resté célibataire. Il aimait
beaucoup sa mère, noble et digne femme qui ne
quittait plus sa maison de Bordeaux, et que les
habitués d'Arcachon ne connaissaient guère.

M. Paul Anget, sur lequel Mᵐᵉ d'Algorre
s'était fait donner mille détails, semblait une
proie facile à saisir, et elle se promettait bien de
ne pas y manquer.

Il avait pour ami intime un honnête commerçant de Bordeaux, beaucoup plus âgé que lui,
mais dont le caractère sûr et les relations agréa-
bles formaient le plus grand charme de cette
intimité. M. Rémy venait volontiers passer tous
les dimanches à Arcachon, où il avait installé
sa femme et sa belle-fille, tandis que, pendant
toute la semaine, il travaillait avec son fils dans
les bureaux de l'importante maison de commerce qu'il dirigeait.

Le jeune ménage ne s'accommodait pas aisément, après six mois de mariage, d'une séparation que les usages commandaient un peu, et
que les convenances personnelles de la belle-
mère, femme assez facile, cependant, mais très-
formaliste, avaient rendue inévitable. Aussi,
avec quelle impatience les deux époux, qui
étaient encore deux amoureux, attendaient-ils ce
bienheureux dimanche, qui les laissait libres
enfin de se livrer à leurs épanchements !

— Voyez-vous, ma fille, disait parfois la
bonne Mme Rémy à la jeune femme, c'est par

coquetterie maternelle que j'ai voulu vous amener ici avec moi, afin que vous trouviez mon fils
toujours beau, toujours charmant, toujours dési-
rable. Il n'y a rien de tel que l'absence pour
nous faire découvrir les qualités cachées de ceux
que nous aimons !

—Oh ! ma mère, répondait la jeune femme en
soupirant, pouvez-vous chercher à nous faire
croire que notre amour, si sincère et si vrai, a
besoin de cette épreuve pour s'affermir et durer ?
Doutez-vous à ce point des mérites de mon
Albert bien-aimé, qu'il me faille subir, pour les
apprécier, toutes les tristesses d'une amère séparation ? Non, non, disait-elle, en entourant d'un
bras caressant la tête si chère qu'elle couvrait
de baisers, vous ne me convaincrez pas, et je
suis bien sûre que votre fils est de mon avis !

— Peux-tu en douter ? répondait le jeune
homme, un peu confus de n'être pas le maître
de garder sa chère petite femme près de lui.

Mais il était fils unique, sa mère avait longtemps tremblé pour sa vie, et elle l'avait soigné

pendant bien des années, avec ce dévouement de toutes les heures qui, plus que les remèdes et les prescriptions des docteurs, dispute à la mort les êtres chers qu'elle s'apprêtait à engloutir.

De là, cet ascendant qu'Albert n'avait jamais trouvé trop lourd, et dont il ne sentait la gêne que depuis son mariage. Mais c'était un nuage passager, et ces reproches intimes n'altéraient pas la bonne harmonie de la famille. On se pardonnait volontiers, de part et d'autre, ces petites exigences, car on s'aimait sincèrement, et la jeune femme, qui n'avait pas connu sa mère, reportait sur celle de son mari toute l'affection qu'elle eût voulu pouvoir donner à la sienne.

Il n'y avait pas de bonne fête sans M. Paul Anget, et chaque dimanche, il était le commensal du chalet Rémy. Dès le matin, on faisait ensemble une promenade à cheval dans le bois ; pendant la journée, on courait des bordées sur le bassin, et le soir, après dîner, on allait s'asseoir sur la plage, admirant le coucher du soleil, et causant cœur à cœur, jusqu'à l'heure sombre, et toujours trop tôt venue, du dernier train qui séparait le jeune couple, et emportait, avec les doux baisers de la charmante Marie, le souvenir radieux d'une journée heureuse, dont le pauvre Albert allait attendre le retour pendant toute une longue semaine !

Il y avait aussi, dans un chalet voisin, deux originaux dont les manières étranges répandaient un peu de gaieté sur la monotonie des heures solitaires que passaient Mmes Rémy, lorsqu'elles se retrouvaient en tête-à-tête, après le départ de leurs maris.

M. de Langeron était un vieillard de haute stature, droit comme un i, raide comme une barre, et d'un caractère aussi peu sociable que pouvait le faire supposer son extérieur gourmé. Il ne causait jamais avec personne, et se contentait, à l'heure du bain, d'offrir cérémonieusement son bras à sa cousine, Mlle de Lantac, respectable personne d'une soixantaine d'années qui semblait ne pouvoir vivre seule, car, après avoir gouverné longtemps le ménage de son frère, qui était mort depuis quelques mois, elle s'était consacrée à son cousin, et lui tenait fidèle compagnie. Celui-ci ne s'était pas encore rendu compte de l'agrément que pouvait lui procurer la société de la vieille fille ; mais en vrai chevalier des anciens temps, il avait accepté ce qu'elle voulait bien appeler son dévouement, et il lui rendait en politesses les sacrifices qu'elle prétendait avoir faits à son esprit de famille.

Cette ablution, à laquelle se livraient ensemble les deux vieillards, était tout simplement un bain de jambes qu'ils prenaient à l'heure réglementaire indiquée par le docteur. Rien de curieux comme cette promenade sentimentale, accomplie gravement, par ces deux vieilles personnes, au milieu des sables, de l'eau boueuse et des algues du bassin d'Arcachon. Et comme le flot ne reste jamais immobile dans cette immense vasque, en communication avec l'Océan, M. de Langeron et Mlle de Lantac allaient et venaient, suivant le mouvement de l'eau qui monte ou qui baisse, se tournant à droite, se tournant à gauche, ayant l'air de saluer les grandes vagues, et se donnant un peu, sans le savoir, en spectacle aux nombreux promeneurs de la plage.

Il va sans dire qu'à l'exception des chalets qui sont construits dans la forêt, où leur groupe forme ce qu'on appelle la ville d'hiver, toutes les habitations sont bâties sur le rivage et jouissent de la vue de cette longue grève sablonneuse où se passe, en plein air, la plus grande partie de la journée des baigneurs.

Pour les désœuvrés et les rêveurs, c'est donc une occupation que de regarder l'animation de la plage, et les faits et gestes de ceux qui s'y trouvent.

Depuis quelques jours, la petite colonie était très-amusée par les ébats de deux jeunes gens, habitants du pays basque, parlant tantôt en espagnol et tantôt en français. Leur verve ne tarissait pas, et leur activité bruyante, ne trouvant pas encore la journée assez longue pour se satisfaire, leur faisait inventer des promenades nocturnes et des parties de pêche aux flambeaux, qui ne manquaient pas de pittoresque. Puis le matin, dès l'aube, les jambes nues dans le sable, le béret sur la tête, on les voyait courir à la recherche des plus jolis coquillages qu'ils pouvaient rencontrer, et lorsqu'ils arrivaient, chargés d'une abondante récolte, on les entendait rire à gorge déployée, et crier en appelant Victoire, la bonne de l'hôtel où ils s'étaient logés, pour les aider dans leur travail.

Victoire, la pauvre fille dévouée qui courait de l'un à l'autre, afin de rendre service à tout le monde, se hâtait d'arriver du fond de la maison, ou du haut de l'escalier, et portant de grands vases pleins d'eau, elle procédait à la toilette de la précieuse collection, jusqu'à qu'un autre voyageur pressé, et non moins exigeant, vînt à son tour réclamer Victoire, qui faisait de son mieux pour se multiplier.

Ce nom retentissant de Victoire avait quelque chose de fantastique, jeté ainsi d'un écho à l'autre, et je ne serais pas éloigné de croire que, pour se donner le plaisir de le répéter vingt fois, plutôt qu'une, quelque baigneur malicieux inventât un besoin factice, afin d'agacer les oreilles de la maîtresse d'hôtel qui n'avait pas encore jugé nécessaire, en l'an de grâce 1866, de se payer non le luxe des sonnettes électriques; mais pas même le modeste cordon qui répond à une cloche quelconque, et dispense le voyageur de ces exercices vocaux peu en harmonie avec nos habitudes modernes.

Je ne parlerai que pour mémoire de cinq ou six personnes plus ou moins intéressantes qui se tenaient à l'écart, soit qu'elles fussent malades, ou qu'un désir ardent de paix et de solitude les retînt dans leur appartement; on ne les voyait guère qu'aux heures du bain, heures changeantes, car elles suivent le flot montant ou descendant. Il y avait un vieux monsieur avec son fils, âgé de quinze ans; le pauvre enfant était attristé par une infirmité précoce, il marchait appuyé sur des béquilles, et ne causait qu'avec un professeur d'anglais qui venait donner des leçons à son jeune élève, sur le bord de la mer.

On rencontrait aussi quelquefois une jeune femme du Midi avec sa petite fille, à laquelle on faisait faire, à cheval, de grandes courses dans la forêt.

On voyait encore deux dames qui se connaissaient à peine, quoiqu'elles vinssent du même pays. On les appelait indistinctement les Russes, les confondant ainsi sous une même dénomination, et pourtant elles étaient de natures et de nationalités très-différentes.

La première, toujours en courses, souven en quête d'aventures, s'en allait, dès le matin, tête nue, les épaules couvertes d'un long manteau, à travers la route ombragée qui conduit à la Teste de Buch; elle marchait d'un pas rapide, avec son air un peu égaré, et si quelqu'un lui demandait ce qu'elle allait faire, seule ainsi, dans un chemin désert, elle répondait emphatiquement :

— Je vais boire les larmes de l'aurore !

Je ne sais dans quel roman elle avait lu, cette phrase à prétentions poétiques, toujours est-il qu'elle la répétait à satiété, s'imaginant de bonne foi étonner et même émerveiller les heureux mortels qui avaient la chance de l'entendre !

D'autres fois, à dix ou onze heures du soir, on la voyait courir sur la plate-forme qui sert d'embarcadère au bateau à vapeur, et là, accoudée sur la balustrade, elle venait entendre, disait-elle, le concert nocturne des vagues écumantes !

Mme Téléka avait passé l'hiver à Arcachon, et son séjour menaçait de s'y prolonger encore pendant tout l'été, je dis : menaçait, car elle-même commençait à être fort inquiète de son avenir. Depuis plusieurs jours, elle ne recevait aucune nouvelle de sa famille; ses lettres restaient sans réponse, et l'argent dont elle avait besoin n'arrivait pas.

Quant à l'autre dame, elle était Française, mariée à un grand seigneur de Russie.

Jeune, jolie, parfaitement élevée, elle s'était

trouvée, à vingt ans, sans fortune ; ses parents, effrayés de ne pouvoir lui donner de dot, l'avaient mariée à un étranger, fort riche, déjà d'un âge mûr, qui s'était épris de la beauté de la jeune fille, et l'avait emmenée en Russie, où elle avait bien de la peine à vivre, sous ce rude et froid climat.

Elle n'avait point eu d'enfants, et le voile de mélancolie] répandu sur son visage disait assez que le bonheur n'habitait pas avec elle. Mais amais la pauvre Fanny Poniaschine n'avait laissé échapper une plainte devant la famille qui l'avait sacrifiée, jamais elle ne lui avait adressé un mot de reproche...

Que voulez-vous ? Ils ne l'auraient pas comprise ! Pour certaines gens, avoir assuré la fortune à venir de leurs enfants, leur avoir procuré ce qu'on appelle dans le monde un bon établissement, est le suprême devoir qu'ils aient à remplir envers eux ! Ne leur demandez rien au delà. Qu'est-ce que l'amour ? l'harmonie des caractères ?

2

Rêveries creuses, songes de jeunesse ! qu'il faut s'empresser d'éteindre dès qu'on a eu la chance d'arriver à une position qui vous donne la sécurité du lendemain !...

Mais, s'il y a des natures vulgaires qui savent se plier à cette froide discipline, il en est d'autres qui ne peuvent arriver à étouffer en elles toute spontanéité, tout élan, toute poésie, et qui, meurtries par la contrainte, souffrent et languissent, loin du soleil d'amour, comme ces plantes étiolées qu'une main barbare a transportées dans le sol ingrat d'un terrain caillouteux et sauvage !

La santé de Mme Poniaschine, très-forte et très-robuste, lorsqu'elle était arrivée en Russie, s'altérait, visiblement, sous l'influence de ses tristesses morales, et le médecin, consulté à plusieurs reprises, avait déclaré que si la malade n'allait pas de temps en temps respirer l'air de la France, elle ne tarderait pas à succomber à la nostalgie qui l'avait atteinte au cœur.

De tels avis sont des ordres, et M. Poniaschine, tout en sachant très-mauvais gré à sa femme de ne pas s'être habituée plus aisément dans son pays d'adoption, avait exigé qu'elle suivît les prescriptions du docteur. Et voilà pourquoi, chaque année, Fanny venait s'asseoir à l'ombre des grands pins de la forêt d'Arcachon, et baigner ses membres endoloris dans les eaux salées du bassin, qui lui rendaient de la force sans trop éprouver sa constitution, devenue frêle, comme auraient pu le faire les vagues puissantes de l'Océan.

En arrivant, elle faisait une visite à sa famille, qui habitait la Bourgogne, puis elle venait passer une partie de l'été à Arcachon. C'est là que l'année précédente, elle avait fait la connaissance de M. Paul Anget, dont l'amitié, à la fois respectueuse et tendre, avait été pour elle une consolation et un repos au milieu de l'aridité de son existence ordinaire. Je dirai même qu'elle eût été, sans doute, moins empressée à revenir à Arcachon, si elle n'eût eu l'espérance d'y rencontrer cet ami qui avait été le compagnon fidèle de ses longues promenades, et presque le confident des amertumes de sa vie. M. Poniaschine, très-occupé de la surveillance de ses immenses domaines, et d'ailleurs devenu fort sédentaire avec l'âge, n'aimait plus à faire ce long voyage de France, et il laissait volontiers aller sa jeune femme seule, quoiqu'il fût jaloux à l'occasion. Mais il s'inquiétait peu de ce qui pouvait se passer loin de lui, ayant, comme beaucoup d'hommes, à l'esprit lourd et paresseux, une sorte de répugnance à s'occuper de choses qu'ils aiment mieux ignorer, si par hasard il leur en arrive de fâcheuses.

La jalousie est une passion très-complexe, et souvent fort illogique; rarement, ceux qui l'éprouvent ont un sentiment bien net du motif qui les fait agir. Beaucoup ne sont jaloux que par amour-propre, et ne tenant pas du tout à l'affection de leur femme, pour eux-mêmes, ils seraient désolés que le monde eût un sourire à leur égard, et pût douter une seule minute de la tendresse dont ils sont l'objet.

M. Poniaschine était de ceux-là; il en résul-
tait une sorte de liberté relative pour sa femme,
qui n'en abusait point, d'ailleurs; car, avec sa
nature droite et honnête, elle avait horreur des
détours et des mensonges auxquels se condamne
celle qui, oubliant ses devoirs, s'abandonne à
une vie de plaisirs faciles et défendus.

Et cependant, malgré les règles sévères qu'elle
imposait à son cœur et à sa conduite, Fanny ne
pouvait empêcher son imagination d'errer dans
les sentiers perdus des rêves enivrants et des
regrets douloureux !

Être jeune, belle et aimante, et sentir autour
de soi les glaces du tombeau, ne jamais pouvoir
s'envoler de cette prison morale, où les conven-
tions de la société enferment une âme, y a-t-il au
monde un plus épouvantable et un plus amer
supplice ?

Oh ! que celles qui ne l'ont point éprouvé, qui
n'ont pas assisté à cette destruction lente et cruelle
de tout l'être, oh ! que celles-là jettent la première
pierre aux infortunées que le sort implacable

2.

livré en pâture au minotaure de la douleur et
du désespoir !

Fanny avait conservé de M. Paul Anget un
de ces souvenirs qui enflamment la pensée, et
remplissent le cœur d'une joie pure et calme
dont on ne soupçonne pas le danger, parce qu'elle
rayonne sur des sommets si élevés que le démon
du mal semble ne jamais pouvoir les atteindre !

Elle était arrivée depuis quelque temps déjà,
lorsque l'aimable Bordelais fit son apparition à
Arcachon. Naturellement, sa première visite fut
pour Fanny, et dès le second jour, ils avaient
oublié l'absence si longue, la séparation si amère
pour jouir avec plus d'abandon du bonheur
ineffable de se retrouver ensemble, lorsqu'on
s'aime, et que ce sentiment, délicatement enve-
loppé de part et d'autre, sous la forme incons-
ciente d'une amitié pure, permet de se laisser
aller aux élans de son cœur, sans qu'un remords
cruel vienne empoisonner ces épanchements de
deux âmes qui s'ignorent, et qui, pourtant, déjà,
ne sauraient se passer l'une de l'autre !

Heureux début d'une liaison qui semble bénie du ciel, chaste aurore des jours brûlants et trop tôt venus de l'été de la passion, pourquoi changez-vous si vite, et quelle hâte avez-vous d'effacer les deux sourires, les regards languissants et pleins d'une adorable tendresse, pour faire naître les larmes cuisantes qui déchirent le cœur et désolent la vie?

III

C'était dans ce petit cercle que Mme d'Algorre
allait essayer de lancer ses flèches de grande
coquette, et troubler bien des existences paisibles
qui ne connaissaient encore ni les décevantes
tempêtes, ni les terribles ouragans des tro-
piques, dont l'ardente créole semblait partager
tous les dangereux caprices. On eût dit que son
enfance, bercée par les émouvantes secousses
et les catastrophes fréquentes en son pays na-
tal, avait laissé en elle je ne sais quel besoin de
faire naître des orages, et de précipiter, autour
de sa personne, les impressions violentes et les
événements étranges, sans lesquels il lui paraissait impossible de vivre.

Nous avons vu qu'elle cherchait à distraire l'ennui de sa solitude en allant, tous les soirs, au Casino ; bientôt, soit pour la connaître, soit pour profiter des plaisirs et des fêtes qu'elle savait organiser avec tant d'éclat, toute la société d'Arcachon se laissa, peu à peu, ébranler, et il était rare que ceux qui s'étaient rencontrés pendant le jour, sur le boulevard de la plage, ne se donnassent pas rendez-vous, le soir, pour aller passer une heure ou deux dans ce salon que Mme d'Algorre avait réussi à mettre à la mode.

Pendant la première semaine, ce fut un enchantement, les femmes aussi bien que les hommes se laissaient enivrer par la beauté séduisante de la superbe créole, et son sourire faisait tourner toutes les têtes. Les toilettes éclatantes qu'elle promenait au bord de la mer excitaient l'admiration des dames bordelaises, et chacune se promettait d'imiter ces jupes et ces corsages d'un dessin si pur et si correct, qu'on eût dit des draperies modelées par un statuaire.

M. Paul Anget résistait à l'engouement général, d'autant plus volontiers que son amie n'avait jamais manifesté le désir de faire la connaissance de Mme d'Algorre. Qu'avait-elle besoin de plaisirs bruyants? Ne trouvait-elle pas la plus agréable distraction dans ses causeries intimes avec celui dont la pensée ne la quittait plus, et qui tenait, maintenant, une si grande place dans son cœur? Elle sortait peu, en dehors des heures de traitement; quelquefois cependant elle prenait une voiture, et, accompagnée de M. Paul Anget, elle allait jusqu'à Moulleau, admirer, dans la solitude, la solennité de ce beau paysage, au coucher du soleil, toujours splendide sur la lande et dans les flots de l'Océan; mais particulièrement remarquable lorsque quelques nuages semblaient lui faire une escorte d'honneur, et lui préparer, par le rayonnement des lueurs fugitives du crépuscule, un lit de pourpre et d'or!

Rien n'impressionnait autant la poétique Fanny que le tableau de ces grandes scènes de la nature, entrevu au milieu des enivrements de son amour ?

Puis, après avoir longuement contemplé l'horizon, alors que la voiture était déjà repartie pour Arcachon, et que personne n'était plus là pour gêner leurs épanchements, Fanny, suspendue au bras de son bien-aimé, reprenant des forces pour marcher près de lui, revenait lentement, pas à pas, savourant avec délices chacune des minutes qui s'écoulaient, et trouvant toujours qu'elles avaient été trop courtes, lorsqu'on était arrivé au bout du chemin, et qu'il fallait se séparer en se disant : au revoir.

Oh ! qu'il y avait de soupirs douloureux dans ce mot : au revoir ! Combien de temps se le dirait-on encore, et le jour des séparations absolues ne viendrait-il jamais briser les liens si chers que le hasard avait formés, et que la fatalité pouvait si bien détruire ?

On eût dit que, jaloux de l'heure présente, ils ne pouvaient se décider à mettre un terme à ces adieux touchants de chaque soir. Et tandis que Fanny, déjà rentrée sur le seuil de la porte, commençait à gravir les marches de l'escalier qui conduisait à sa chambre, Paul, ému et tremblant, serrait de plus en plus fort cette main mignonne qui, d'abord, se laissait aller à la douceur de l'étreinte, et puis, peu à peu, voulant se dégager, et n'osant le faire, la jeune femme restait là, indécise et ravie, murmurant tout bas les mots suprêmes qui, tout à la fois consolent et déchirent, et finissait par s'échapper, heureuse et attendrie, en répétant : à demain, à demain !

Paul ne se plaignait pas, et il respectait trop la femme qu'il aimait pour franchir, même par la pensée, les limites qu'elle lui imposait.

M. Anget était un homme fort, dans toute la grandeur et toute la beauté du mot ; il avait lutté corps à corps avec la fureur des éléments, il pouvait bien, par un effort héroïque de volonté et de sentiment, dominer ses passions ! Il ne connaissait aucune de ces mièvreries maladives qui font dire à tant d'êtres lâches et égoïstes :

— C'est vrai ! j'ai perdu cette femme ; mais

que voulez-vous?... Elle était belle, et je l'aimais!... N'était-ce pas mon droit de lui demander sa vie? Et si, dans cet échange d'amour, elle
a risqué plus que moi, en mettant dans l'enjeu
son honneur et son existence, est-ce ma faute
si les lois de la société sont ainsi faites que
tout le poids de la honte retombe sur la femme
qui a failli, tandis qu'il ne nous revient à nous
qu'un nouveau succès d'hommes à bonnes for-
tunes?

Non! M. Paul Anget ne disait pas ces choses,
car il avait l'horreur du mensonge, en même
temps qu'un profond sentiment de justice.

Profiter de la faiblesse d'une femme pour s'en
prévaloir, et l'entraîner dans l'abîme, lui paraissait aussi condamnable qu'un vol à main armée
accompli sur une grande route!

Et cependant, il aimait de toute la puissance
de son âme! Jamais encore, depuis qu'il avait
âge d'homme, il n'avait éprouvé un sentiment
semblable à celui qu'il ressentait pour Fanny.
Oh! pourquoi n'avait-il pas rencontré plus tôt,

sur sa route, cette femme charmante qui eût
assuré son bonheur ? Pourquoi, alors qu'elle était
libre, l'avait-on indignement sacrifiée à d'horribles calculs ?..... Et sa pensée se perdait dans un
abîme de douleur, en même temps qu'il y avait
en lui une sorte de joie ineffable à pouvoir apporter quelque consolation dans cette vie désolée !

Mᵐᵉ d'Algorre avait aperçu, plusieurs fois,
M. Anget sur la plage, alors qu'il contemplait,
de ses yeux noirs et profonds, les vagues tour-
mentées par le remous des grandes eaux. Elle
avait été frappée de sa belle mine et de sa haute
stature ; elle s'étonnait et s'irritait de ne pas le
voir à ses pieds, avec la foule de ses adorateurs.

— Il ne me regarde donc pas ? se disait-elle.
Et quand tout le monde m'encense, et m'admire, lui seul, peut-il me résister ? Me méprise-
t-il, me haït-il ? ou bien, ce qui serait pire
encore, passe-t-il à côté de moi comme un
indifférent ? Oh ! cela ne sera pas ! J'en jure par
les cendres de ma mère, cet homme m'aimera !
Et lorsque je le verrai suppliant à mes genoux,

je me vengerai, et je lui ferai expier, par d'amers dédains, la souffrance qu'il m'impose aujour-d'hui !

Mais elle avait beau s'agiter, tempêter en elle-même, M. Anget, qui était loin de se douter des convoitises qu'il excitait, restait calme, en face de la belle étrangère, et ne répondait que par une froideur glaciale à ses provocants sou-rires, à ses tendres œillades, et même aux inter-pellations plus ou moins aimables par lesquelles la séduisante créole cherchait à attirer son attention.

Un jour qu'en revenant de son bain, pris à marée basse, elle traversait, dans son élégant costume multicolore, la large bande de sable qui la séparait de sa cabine, elle aperçut M. An-get, accoudé sur la terrasse, et savourant, sans la voir, un long cigare qu'il paraissait fumer avec délices. Piquée au vif, elle résolut à tout prix de faire parler celui qu'elle appelait une statue vivante. Feignant d'avoir rencontré, sous son pied nu, un objet tranchant, elle poussa un cri, et vint tomber immédiatement au-dessous de la place où se trouvait M. Anget. Celui-ci releva la tête, et trop sincère, lui-même, pour soupçonner un piége dans la souffrance que semblait éprouver la belle créole, il s'approcha d'elle, et lui offrit son bras, respectueusement, pour la relever et la conduire jusqu'à sa cabine.

Mᵐᵉ d'Algorre eut l'air de se soulever péniblement, et, pesant de tout son poids sur le bras qui était venu à son aide, elle affecta de marcher très-lentement, comme si elle eût ressenti une vive douleur.

— Vous vous êtes fait beaucoup de mal? lui dit M. Anget.

— Oh! je souffre bien, répondit-elle; mais la bonté que vous me témoignez commence ma guérison.

Et en disant cela, elle lançait, sur son cavalier, les chaudes effluves de son regard, essayant de le fasciner par les grâces de son irrésistible sourire.

Mais celui-ci, insensible à tant de prévenances,

soutenait la jeune femme, comme il l'aurait fait pour tout être faible qui eût réclamé sa protection, et cette pression de main qu'attendait Mme d'Algorre, ces battements de cœur qu'elle cherchait à deviner sous l'attitude froide du marin, toutes ces choses émues qu'elle avait voulu provoquer et faire naître, échappaient à ses désirs avides, et lorsque, enfin, elle toucha la porte de sa cabine, elle ne reçut pour tout hommage qu'un respectueux et banal salut !

Furieuse d'avoir fait tant de frais en pure perte, elle retomba lourdement sur le sol, rouge de honte, avec des larmes de dépit dans les yeux.

Je ne sais combien de temps elle serait restée dans cette attitude morne et désespérée, si sa femme de chambre ne fût venue lui proposer ses services.

— Il faut que Madame se dépêche, ajouta-t-elle, l'heure du dîner approche, et Madame a besoin de beaucoup de temps pour sa toilette, puisqu'elle doit mettre, ce soir, cette magnifique robe qui arrive de Paris à l'instant.

Tout cela avait été débité sur un ton rapide, sans que la femme de chambre eût l'air de s'apercevoir du nuage d'ennui qui s'étendait sur le front de sa maîtresse; mais elle la connaissait trop bien pour ne pas deviner que quelque contrariété violente agitait cette âme altière, et avec la finesse habituelle aux gens de son état, elle cherchait à faire diversion aux pensées sombres de la jeune femme qui, du reste, récompensait généreusement les flatteries de ceux qui étaient à son service, et leur savait gré des attentions délicates dont elle était l'objet.

— Tu as raison, Mariette, je ne sais ce qui me froisse, en ce moment; mais j'ai besoin de distractions puissantes, et je suis heureuse que ma toilette de Paris arrive si bien à point pour me faire oublier mes réflexions maussades.

Elle s'habilla lestement et sortit de sa cabine d'un pas dégagé, sans chercher à savoir si on la suivait, et si, comme elle l'espérait, M. Anget, pris de remords, ne viendrait pas quêter un regard qu'elle était, maintenant, bien décidée à lui refuser.

Tel était l'orgueil de cette femme qu'elle ne pouvait s'imaginer qu'on lui tînt longtemps rigueur, tant elle se savait séduisante, et tant le monde l'avait gâtée par ses hommages et ses adorations !

Quelquefois, les amis de M. Anget, enthousiastes, comme le devenaient presque tous les hommes qui étaient admis dans l'intimité de Mme d'Algorre, lui parlaient en termes éloquents du charme étrange de la superbe créole.

— On ne peut la voir sans l'aimer, disaient-ils, et lorsqu'elle se livre à l'un de ses plaisirs favoris, la musique ou la danse, on ne sait plus si c'est un sylphe, une fée ou une femme ! On entre, avec elle, dans une autre atmosphère que celle des humains, et personne ne s'entend mieux à allumer en vous le feu dévorant de la passion !

— Eh bien ! que voulez-vous ? répondait M. Anget, pour moi, cette femme n'offre aucun idéal à mon imagination ; c'est une poupée et pas autre chose ! Je vous plains de vous laisser si facilement ensorceler par ce diable en jupons !

— Oh ! monsieur, reprit l'un des jeunes Basques qui répondait au nom superbe d'Achille Dérémos, et qui se trouvait, par hasard, présent à cette conversation, ce n'est pas suffisant de la comparer à une poupée ou à un démon, moi, je crois que c'est la fée Mélusine en personne ! Elle a toutes les grâces et toutes les attractions de la femme amoureuse, et lorsque vous vous êtes laissé prendre à son doux sourire et à ses airs languissants, vous ne rencontrez au fond qu'un être perfide, dont les caresses sont une amorce, et l'amour aussi glacé que la froide étreinte d'un serpent !

— Allons donc, mon cher, s'écria son camarade et son ami, Luc Gaudry, quelle histoire nous racontes-tu là ? Cette femme est un ange, et si tu n'as pas su faire vibrer, en elle, les cordes sacrées, c'est ta faute, et non la sienne !

Tes insinuations malveillantes nous font voir,

tout simplement, que tu n'as pas trouvé le secret qui, d'un souffle, peut animer et faire resplendir tous les trésors qui sont en elle !

— Eh bien ! essaye à ton tour ! répondit Achille d'un air piqué. Répands à ses pieds toutes les flammes de ton cœur, fais-toi son serf et son esclave, et dans quelques jours, si tu n'es pas aussi désappointé que moi, je te donne rendez-vous sur cette plage, nous nous battrons à l'épée, au pistolet, comme tu voudras !

M. Anget, vous serez mon témoin, et votre présence ici nous garantit la valeur de cet engagement solennel !

Ces paroles avaient été dites avec une volubilité extrême, et un tel emportement dans le geste et dans la voix que Luc, qui n'avait voulu faire qu'une plaisanterie, se tourna, lui aussi, d'un air désespéré du côté de M. Anget, pour lui demander d'interposer ses bons offices entre lui et son ami, afin d'éloigner cette affreuse proposition d'un duel qui lui faisait horreur !

Cet appel muet fut compris, et le vaillant

3.

marin, qui s'entendait en affaires d'honneur,
pouvait donner son avis, sans qu'aucun des deux
jeunes gens se trouvât offensé de cette intervention tout amicale.

— Comme vous y allez! mon cher monsieur
Achille! Mais vous êtes aussi bouillant que le
héros fameux dont vous portez le nom!

Calmez-vous, croyez-moi, et ne sacrifiez pas
les droits d'une sincère amitié aux beaux yeux
d'une femme qui ne vaut certainement pas tout
le bruit que l'on fait autour d'elle!

— Ah! monsieur, on voit bien que vous ne
la connaissez pas! Cette femme porte en elle un
talisman fatal, et malgré tout le mépris qu'elle
m'inspire, je ne puis détacher ma pensée de ses
perfections adorables; son amour est comme la
robe de Nessus, il brûle et il glace; mais rien
ne saurait l'arracher de mon âme!

Et si je m'irrite des paroles de mon ami, c'est
que je ne veux pas, entendez-vous, qu'il jouisse
de ces tendresses qui m'ont été promises, et que
je n'ai pas savourées!

— Eh bien! soit, dit Luc, c'est une gageure! Nous n'y mettrons pas d'autre enjeu que celui-ci, c'est que, dans une semaine, si je ne suis pas plus avancé que toi, j'attacherai au nom de cette femme celui que tu lui as si gratuitement et si injurieusement donné, de fée Mélusine!

— Tu en parles bien à ton aise! reprit le malheureux Achille, avec un sourire amer. Ah! pourquoi n'ai-je pas le droit de m'opposer à ce que tu lui fasses la cour?

— Oh! pour cela, mon cher, tu aurais fort à faire, car tous les hommes qui la rencontrent n'ont plus d'autre occupation et d'autre désir que de devenir ses très-humbles sujets, excepté monsieur, cependant, ajouta-t-il, en désignant M. Anget.

— Ma foi! messieurs, j'avoue que vos récits et vos querelles ne sont pas faits pour me donner l'envie de vous imiter!

— Oh! vous êtes un sage, vous! dirent-ils en le saluant, et ils se séparèrent!

Ceci se passait le soir même du jour où avait

eu lieu la petite scène que nous avons racontée, scène où Mme d'Algorre avait joué un rôle si peu triomphant.

A cette heure-là, la perfide créole avait oublié sa fausse blessure, elle était dans sa chambre, en face d'une grande armoire à glace, préparant savamment les armes de sa revanche. Elle voulait être belle à éblouir, et pour cela, elle comptait, non-seulement sur les agréments de sa robe, en fine mousseline de soie, brodée d'or, mais aussi sur l'art profond avec lequel elle faisait disposer son opulente chevelure dont les boucles, légèrement ondulées, descendaient jusque sur ses épaules d'un blanc mat. Pour obtenir cette teinte, si étrangement enviée par les femmes du monde, elle n'avait pas besoin du secours de la poudre de riz, non ; elle n'avait qu'à étaler ses charmes naturels! Il n'en était pas de même de son visage, sur lequel elle se permettait d'imprimer, çà et là, une mouche assassine, et comme si ses yeux n'eussent pas été déjà assez brillants et assez beaux, elle les cerclait d'une ligne noire, pour en doubler l'éclat et la puissance.

Quand tout fut terminé et qu'elle se sentit prête pour la lutte, elle sortit de l'antre mystérieux où personne n'avait le droit de pénétrer, et se présenta au salon déjà rempli par la foule de ses courtisans. Elle s'y montra dans toute la fraîcheur de son incomparable toilette; lorsqu'elle parut, il n'y eut qu'un cri d'admiration, et pour un peu, tous se fussent prosternés, comme devant une divinité!...... Elle daigna sourire à chacun, et son regard fit le tour de la salle, en remerciant, par un salut protecteur, ceux qui l'accablaient de leurs hommages.

Il va sans dire qu'Achille et Luc étaient au nombre des plus empressés; le rigide commandant, le précepteur anglais, de nouveaux arrivés qui lui avaient été présentés la veille, et qui se hâtaient, comme d'étourdis papillons, de venir brûler leurs ailes à la flamme ardente de ses grands yeux noirs; et le dirai-je? le vieux et sévère cousin de M*** de Lantac, M. de Lange-

ron, lui-même, n'avait pu résister à l'attraction
funeste de cette beauté célèbre.

Il était là, serré dans son habit noir, humble
et courbé, mendiant l'aumône d'un sourire ou
d'un regard, et lorsqu'il l'avait obtenu, par cette
condescendance banale que les idoles ont toujours pour leurs pieux serviteurs, il s'en allait le
cœur rempli d'une céleste harmonie, et il s'imaginait retrouver encore quelque chose des illusions et des enthousiasmes de sa jeunesse! Il
devenait causeur, aimable même pour sa cousine,
qui s'étonnait de ces lueurs fugitives, et ne comprenait rien à ces velléités de renouveau chez
un homme qui autrefois ne lui parlait jamais
que sur un ton cérémonieux et froid.

Nature jalouse et vulgaire, Mlle de Lantac ne
pouvait s'habituer au changement des manières
de M. de Langeron; sortant peu, elle ne savait
pas ce qui se passait au dehors ; mais souvent,
par esprit de curiosité féminine, elle surveillait
la conduite de ses voisins, et lorsqu'elle avait
découvert, dans son entourage, l'histoire d'un

bon petit scandale, ses yeux gris petillaient de malice, et elle ne manquait jamais l'occasion de faire part de sa découverte à quelques bonnes âmes qui allaient au loin la propager, et compromettre, sans souci du mal qu'elles pouvaient faire, la réputation des uns et des autres !

Ce soir donc, Mme d'Algorre redoublait d'amabilités pour ses amis; mais comme elle avait besoin de tous dans le combat qu'elle allait livrer, elle ne voulut fâcher personne, et au lieu de demander à l'un d'eux l'appui de son bras, elle fit avancer sa voiture, et s'élançant sur les coussins, elle leur adressa, d'un air provocateur, ces simples mots : *à bientôt*, qui les laissèrent stupéfaits et décontenancés, tout en redoublant leur désir d'arriver en même temps qu'elle pour la recevoir à la porte du Casino. Cela leur semblait facile, en suivant les sentiers rapides qui traversent la forêt; mais Mme d'Algorre, peu soucieuse de ces succès sur lesquels elle était déjà blasée, aspirait à une conquête plus haute. Désespérant d'attirer près d'elle, par les moyens ordinaires,

celui qu'elle appelait le bel insensible, elle avait
mis sous ses pieds toute sa fierté de jolie femme,
et elle avait écrit, en revenant de la plage, à
M. Paul Anget. Dans cette lettre très-courte,
elle cherchait à piquer sa curiosité, en lui donnant rendez-vous au Casino, pour le soir même,
ayant, disait-elle, des choses très-importantes à
lui communiquer.

En recevant ce billet, M. Anget, furieux de
cette attaque directe dont il devinait, sans peine,
la portée et le but, avait déchiré, en mille morceaux, le papier parfumé qui contenait les lignes
tracées par la main de la belle créole, et il s'était
bien promis de résister à cette invitation insi-
dieuse.

Cependant, on est homme après tout ; les
avances de cette femme l'agaçaient, et il avait
beau éloigner sa pensée de ces mots empreints
de je ne sais quel délire enfiévré, il y revenait
malgré lui, il se surprenait murmurant des
phrases entières de ce billet dont il avait cru
anéantir la mémoire, en jetant au vent de la mer

les épaves incohérentes de ses mille fragments.

Mais non! il sentait la pointe aiguë pénétrer
jusqu'à la moelle de ses os; et le soir, après
dîner, lorsqu'il se rendit, comme à l'habitude,
chez Mme Poniaschine, il s'aperçut qu'il était
distrait, préoccupé, en dépit du charme péné-
trant de cette bonne et simple nature. Pour la
première fois, depuis qu'il connaissait Fanny,
il la quitta sans éprouver le déchirement pénible qui était comme l'attraction douloureuse de
ce lien si fort et si puissant!

La jeune femme, ignorante de ce qui se passait dans le cœur de son ami, devinait cependant en lui quelque chose d'étrange et d'inac-
coutumé; elle le questionna même, une fois ou
deux, d'une façon discrète; mais comme il sembla ne pas vouloir répondre, elle n'insista point,
ils se séparèrent de bonne heure, un peu étonnés
eux-mêmes de la froideur de leurs adieux, calmes en apparence, et remettant au lendemain
le soin d'éclaircir cette situation nouvelle.

M. Paul Anget, mécontent de lui, mais poussé, comme par un ressort fatal, rentra dans son appartement, s'habilla, et machinalement, se rendit au Casino où il n'était pas allé depuis le commencement de la saison.

Il était onze heures, lorsqu'il fit son apparition au milieu de la société, fort animée ce soir-là. Depuis neuf heures, la belle Mme d'Algorre était arrivée et l'attendait!

En descendant de sa voiture, elle avait eu une première déception, celui qu'elle avait invité n'était pas là!..... Son front se rembrunit; mais elle monta légèrement les marches du perron, et d'un regard avide, elle plongea ses yeux dans le salon...... il n'y avait personne!

Dans sa hâte extrême, elle avait ordonné à son cocher de monter la côte au galop, voulant être seule pour jouir de son triomphe! Et au lieu de cette entrée royale, dont elle s'était flattée dans ses rêves, elle se voyait méprisée, humiliée, vaincue!...... C'en était trop!..... Un sourire de défi plissa sa lèvre.

— Oh! dit-elle, cela m'est égal, il n'est pas encore là; mais il viendra!

Cette conviction absolue était chez elle comme une intuition magnétique dont rien n'aurait pu lui enlever l'espérance!

Elle s'arma donc de courage, et se faisant une cuirasse d'airain impénétrable à tous les regards, elle redevint aimable et rieuse pour cacher à tous la rage insensée qui l'avait mordue au cœur!

Ce salon vide fut bientôt rempli, et afin de se donner une contenance, lorsque ses amis arrivèrent en foule, elle feignit d'avoir voulu leur ménager une surprise; sa guitare était dans un coin, avec ses cahiers de musique, elle s'assit, et prenant l'instrument entre ses bras, elle se mit à moduler, doucement, les premiers accords d'une romance nouvelle. Personne ne l'avait encore entendue; c'était un morceau de choix, écrit dans cette langue italienne, si suave et si douce, qu'on la croirait inventée par l'ange des harmonies célestes. Mme d'Algorre la possédait à fond, et la parlait aussi bien que l'espagnol, sa langue maternelle.

Sa voix était belle, et elle savait simuler, avec un art infini, les émotions profondes qu'elle n'éprouvait pas.

Elle tournait le dos à la porte, et comme perdue dans un rêve, elle laissait s'échapper, sans avoir l'air d'y penser, les notes brillantes qui s'en allaient, claires et sonores, frapper les oreilles des auditeurs attentifs. Elle chanta ainsi, pendant un quart d'heure, sans que personne vînt troubler, par un mot ou une approbation indiscrète, le silence religieux qui accueillait le talent de la musicienne.

Tout à coup, elle se retourna pour jouir de son succès, et les bravos éclatèrent; bravos chaleureux, sympathiques, qui lui faisaient une ovation splendide, car elle avait remué tous les cœurs, par le chant divin qui sortait de ses lèvres!

Après les bravos, ce furent des remercîments sans fin, des félicitations, des poignées de mains que chacun était fier de lui donner.

Ce soir-là, elle en était prodigue, et les femmes elles-mêmes eurent leur part de cette bienveillance universelle.

C'était un dimanche, Mmes Rémy étaient venues, accompagnées d'Albert; elles aussi avaient entendu murmurer le nom de Mélusine qui commençait à devenir l'appellation familière de la superbe créole, et elles voulaient se rendre compte de la fascination singulière qu'elle exerçait, disait-on, sur tous ceux qui l'approchaient!... Les imprudentes!...

Albert était là, pâle et tremblant d'émotion, les yeux grands ouverts et comme perdus dans ceux de la sirène qui venaient de se fixer sur les siens. En ce moment, il semblait que Mme d'Algorre cherchât une proie nouvelle pour en faire sa victime, en attendant l'heure tant souhaitée de l'arrivée de Paul!

Elle était debout, près du piano, le coude négligemment appuyé sur l'instrument muet, écoutant d'une oreille distraite les compliments passionnés de M. Luc Gaudry qui, fidèle au serment qu'il s'était fait à lui-même, voulait à tout prix gagner les bonnes grâces de la belle créole. Mais celle-ci, indifférente à tant d'ardeur, prit son bras, comme pour se donner une contenance, et se dirigeant du côté où elle avait remarqué Albert, elle marcha droit à lui.

— Monsieur, lui dit-elle, je sais que vous êtes rare à nos petites soirées d'Arcachon, aussi je m'estime heureuse de pouvoir faire votre connaissance aujourd'hui. J'ai, quelquefois, le plaisir de rencontrer ces dames, fit-elle, en leur envoyant un sourire; mais nous en sommes encore à la froide période du salut banal et cérémonieux, cela me peine, car j'aimerais à voir, chez moi, votre jeune et si charmante femme.

Albert, un peu intimidé par cette attaque imprévue, se remit assez vite, cependant, pour répondre fort aimablement que cette invitation était un ordre, et que, dimanche prochain, ils auraient l'honneur de se présenter chez elle.

— Je voudrais, ajouta Mme d'Algorre, que notre petite société d'Arcachon fût un peu plus animée ; nous pourrions être ici, comme en famille, et vivre avec le sans façon qu'on trouve dans nos colonies, et qui fait à peu près tout leur charme.

— Vous avez raison, madame, et les Bordelais seraient heureux de procurer aux étrangers, qui veulent bien venir dans ce pays, tous les agréments qu'on rencontre dans les meilleures stations balnéaires.

— Oh! monsieur, c'est bien à vous de m'exprimer ce désir, mais je ne crois pas les Bordelais aussi aimables que vous voulez le prétendre. Ainsi, par exemple, vous avez ici un de vos meilleurs amis, M. Paul Anget, qui joue à ravir les rôles de beau ténébreux ! Amant passionné de la mer, on dirait qu'il ne vit et ne respire que pour contempler ses orages et ses caprices, et qu'il dédaigne la vue des humbles mortels qui s'agitent autour de lui !

— J'avoue, madame, que mon ami est peut-

être un peu original; mais il a un noble caractère et un grand cœur!

En ce moment, il se fit un mouvement dans
le salon; les interlocuteurs furent séparés, et en
retournant la tête, Mᵐᵉ d'Algorre reçut dans tout
son être une secousse électrique; M. Paul Anget
venait d'entrer!

Il était ému, et sous sa peau bistrée, on voyait
sa pâleur; il eut comme un éblouissement, en
face de la splendide beauté de la créole. Lorsqu'il
avait pris le parti de se rendre à l'invitation de
Mᵐᵉ d'Algorre, il s'était dit qu'il n'allait là que
pour la confondre et la démasquer; manquerait-
il à son serment en se laissant entraîner, lui
aussi, à suivre les traces perfides de cette femme,
et jetterait-il, dans cette fournaise ardente, les
chastes pensées, les aspirations idéales qui
avaient suffi, jusqu'à cette heure, à soutenir son
amour pour Fanny?

Non! il n'avait pas faibli encore, et si son
imagination était ravie, son cœur restait calme!

Cependant, elle arrivait près de lui, toujours

au bras de M. Luc, qui semblait n'être pour elle qu'un soutien banal, et qui souffrait cruellement de l'indifférence qu'elle lui témoignait. Sa robe avait des ondulations scintillantes sous l'éclat des lustres, et sa marche, d'une lenteur calculée, lui imprimait des mouvements si gracieux qu'on eût cru voir un jeune chat minaudant et aiguisant ses griffes sous ses pattes de velours, avant de se décider à saisir la proie qu'il convoite !

Ses cheveux frémissants faisaient une auréole à son adorable visage, et sa main mignonne s'agitait sous l'étroit gant de peau qui en modelait les formes élégantes.

Il semblait que, dans ce salon du Casino, dont on l'avait proclamée la Reine, elle fût aussi maîresse que chez elle, et tous ceux qui arrivaient avaient l'air d'être ses invités.

Elle s'avança donc près de M. Anget, et d'un mouvement rapide, quittant le bras de son cavalier, elle mit sa main dans celle de Paul, et sans aucun souci de ceux qui pouvaient l'entendre et

4

qui suivaient anxieusement ses moindres gestes,
elle lui dit : *Merci !* avec cet accent inimitable
que personne ne savait donner, comme elle,
aux mots affectueux qu'elle daignait prononcer.

Puis, subitement, changeant de ton, et sans
laisser à M. Anget le temps de lui répondre,
elle ajouta, avec un sourire amer :

— Vous êtes venu bien tard !

— Peut-être ? répondit-il, redevenu, enfin,
maître de lui-même ; mais j'avoue qu'avant de
me rendre à votre invitation pressante, j'ai hésité
un instant ; puis je me suis dit que si vous vou-
liez me demander un service, il était de mon
devoir de venir me mettre à vos ordres.

— Je suis à vos ordres ! des services !... Mais
quel est ce langage, monsieur ?... Sommes-nous
donc dans une maison de commerce, ou dans un
lieu de plaisir ?...

Et en disant cela, Mme d'Algorre froissait
avec une impatience nerveuse les riches dentelles
qui retombaient sur son bras nu.

— Non, madame, nous sommes dans un salon où vous m'avez appelé pour me faire des confidences ; je les attends !

— Oh ! monsieur, ne m'accablez pas ! vous voyez le trouble dans lequel vos paroles me jettent ; donnez-moi quelques instants, et l'heure viendra, je l'espère, où nous pourrons causer comme de vieux amis !

Le piano était ouvert, Mme Rémy venait de s'y mettre, à la sollicitation de son fils ; elle fit entendre les premiers accords d'une valse, et tous les jeunes gens se précipitèrent auprès des dames, pour obtenir la faveur d'une danse. Mme d'Algorre fut une des plus entourées ; mais, elle, dédaignant de répondre à ces invitations multipliées et pressantes, se tourna vers Paul, et brusquement lui dit :

— Dansez-vous ?

— Non, madame !

Et il laissa glisser de son bras la main de la jeune femme, comme pour lui rendre sa liberté.

Celle-ci, indignée d'abord, sembla bientôt avoir pris son parti de cette indifférence.

— Oh! se dit-elle, je vais lui montrer mes talents, et je saurai bien le rendre jaloux, puisqu'il ne veut pas être amoureux!

Et distinguant, parmi la foule de ses suppliants, le jeune Albert Rémy, elle se jeta dans ses bras avec une grâce si naïve, si spontanée, qu'on eût dit un enfant joyeux qui s'élance pour jouir d'une partie de plaisir, longtemps souhaitée!

C'était bien, vraiment, la fée Mélusine! Elle savait prendre toutes les attitudes et toutes les formes; sa nature souple et enchanteresse était comme ces caméléons aux couleurs multicolores qui se montrent et se dérobent tour à tour sous les aspects les plus divers.

Albert, dont le cœur battait à se rompre, avait suivi la jeune femme; et d'un bras entourant sa taille ronde, il la serrait contre lui, avec des frémissements voluptueux qui enivraient tout son être. La valse était déjà commencée, et quelques couples joyeux avaient fait, en glissant, le tour lu salon; Mme d'Algorre se balançait toujours ur l'épaule de son cavalier. Tout d'un coup, elle it un bond, s'échappa, et courut jusqu'à l'extré-nité de la pièce pour y prendre ses castagnettes. Elle revint en riant, et saisissant par la main e jeune homme étonné, elle l'entraîna dans une alse vertigineuse, insensée, dont rien ne peut onner l'idée à ceux qui ne l'ont point vue.

Marquant la mesure avec ses castagnettes, antôt elle doublait le mouvement, tantôt elle le alentissait; la tête rejetée en arrière, les yeux au el, la bouche entr'ouverte, on eût dit une prê-'esse des temps antiques qui reçoit l'inspiration ivine, et se laisse aller à tout le délire de ses ensées tumultueuses!

Albert, électrisé par le contact de sa danseuse, mblait obéir aux ordres mystérieux qu'elle lui onnait. Cette danse étrange, inouïe, inconnue, ait enlevé l'admiration des plus indifférents; u à peu, les autres groupes s'étaient écartés cercle, et eux aussi, ils regardaient! De temps temps, un murmure d'approbation éclatait,

comme une fusée de bravos, puis chacun retenait son souffle, haletant, ému, afin de mieux
voir, et de ne pas perdre un seul des mouvements
de l'étonnante femme.

Cela dura une demi-heure, et lorsque, enfin,
Mme d'Algorre jugea à propos de s'arrêter dans
une pose aussi gracieuse qu'imprévue, elle ne
paraissait pas plus fatiguée que si elle fût restée
assise sur le sofa de son salon.

Quant à Albert, qui l'avait suivie dans ses
évolutions rapides, il était brisé ; mais il ne songeait pas à se plaindre, tant il se sentait enivré
par ces effluves de passion qu'il n'avait jamais
ressentis même dans ses plus vifs élans de tendresse pour sa femme !

La pauvre Marie, assise dans un coin du salon, auprès de sa belle-mère qui était venue la
rejoindre, regrettait amèrement à cette heure la
curiosité fatale qui l'avait poussée à venir ce soir-
là au Casino, et Mme Rémy n'osait lever les yeux
sur sa belle-fille, tant elle comprenait la situation douloureuse de la jeune femme. Elle aurait

désiré partir ; mais elle sentait qu'en ce moment son fils ne la suivrait pas, et elle attendait, rongeant son frein en silence, dans la crainte de faire un scandale.

Ce fut M. Paul Anget qui vint tirer les deux pauvres femmes de la stupeur où elles étaient plongées. Lui, aussi, avait vu le désespoir de Marie, et il avait surpris dans ses yeux des larmes brûlantes qu'elle s'efforçait de ne pas laisser couler.

Qu'allait-il dire pour calmer cette grande désolation ? Il n'en savait rien ; mais l'immense pitié que lui inspiraient les souffrances imméritées qu'Albert infligeait à sa femme, lui faisait éprouver le désir de lui donner une preuve de sympathie.

Il avait suivi d'un œil distrait la pantomime de Mme d'Algorre, et si elle avait cru, par cette mise en scène, produire sur l'esprit du marin une impression favorable, elle s'était étrangement trompée. M. Anget était un homme trop sérieux et trop droit pour se laisser toucher par ces attitudes de bacchante, et les sentiments vrais, exprimés noblement, avaient seuls le pouvoir de toucher son cœur. L'image pure et idéalisée de Fanny faisait un contraste trop saisissant avec les allures et le maintien de la belle créole, pour que celle-ci remportât la victoire sur sa rivale, et Paul, un moment enivré par l'éclat de cette apparition au milieu de sa vie paisible et jusque-là exempte d'orages, n'avait plus, maintenant, que du dédain et du mépris pour la courtisane sans cœur, qui se donnait si volontiers en spectacle, afin d'attirer et de retenir autour d'elle un humble cercle d'esclaves !

Ce fut dans ces dispositions qu'il s'approcha de Mmes Rémy.

— Quelle femme ! dit-il, en les abordant, et comme je plains le pauvre Albert d'avoir été la victime de son caprice de ce soir !

— Mais, répliqua Marie, le cœur gonflé par des sanglots qu'elle avait peine à retenir, il ne semble pas s'apercevoir du rôle de victime que vous lui attribuez si gratuitement ; il a l'air, au contraire, fort heureux de son triomphe, et de la distinction dont il a été l'objet !

— Peut-être cherche-t-il, en ce moment, à savourer le succès d'amour-propre qu'il s'attribue ; mais cette bouffée d'orgueil se dissipera, comme une bulle de savon, au premier souffle qui va l'atteindre, et si vous voulez bien me le permettre, je me charge de renverser, d'un mot, l'édifice de ses rêves !

— Oh ! monsieur, reprit la mère d'Albert, vous avez toujours été notre ami, et je vous remercie de nous venir en aide à cette heure, en prévenant le choc qui pourrait froisser le cœur de mes deux enfants !

Et prenant ses mains dans les siennes, elle les lui serra avec une vive expression de reconnaissance. Ces paroles avaient été dites à voix basse, Marie ne les avait pas entendues ; elle suivait d'un regard inquiet le passage de M. Anget à travers les groupes, et elle ne le voyait pas se diriger sans une douloureuse préoccupation du côté d'Albert.

Mme d'Algorre s'était assise, on l'entourait, on la félicitait ; mais elle restait indifférente en face de l'admiration qu'elle excitait, celui dont elle attendait les hommages se tenait éloigné d'elle ; pour lui seul, elle avait voulu briller, et il affectait de ne pas s'en apercevoir ! L'orage de colère, si longtemps amassé au fond de son âme, menaçait d'éclater dans une tempête. Cependant elle se contint ; Paul avait de nouveau quitté la place qu'il occupait, et, cette fois, il venait près d'elle ! Déjà elle s'apprêtait à lui répondre, avant qu'il eût parlé, et, à demi souriante, la tête légèrement tournée, elle attendait un mot d'approbation ou de blâme..... qu'importe ? Ce qu'elle voulait avec passion, c'était s'emparer de l'esprit, du cœur, de l'âme de cet homme qui la troublait !

Elle qui n'avait jamais aimé, et qui avait joué si souvent la comédie de l'amour, elle se demandait si elle n'allait pas à son tour tomber dans le piége qu'elle avait l'habitude de tendre aux autres ?

Être aimée de M. Anget, se disait-elle, quelle
orce et quelle gloire ! Plus cette conquête lui
semblait difficile, plus elle la souhaitait ardemment !

Mais son attente fut trompée ; tandis que ces
pensées se heurtaient en foule dans sa tête enfié-
vrée, Paul avait déjà dépassé la place où elle se
trouvait, et marchait droit à Albert, semblable
à un juge qui va rendre une sentence.

— Venez, lui dit-il, Mme Rémy est malade ;
elle ne veut pas qu'on vous en avertisse ; mais
j'ai pensé qu'il était de mon devoir de vous
prévenir.

Albert se leva, comme s'il eût été poussé
par un ressort ; il se sentait rougir devant le regard clair et froid de son ami ; avait-il déjà des
remords, et comprenait-il sa faute ?...... Je ne
sais ; mais il suivit Paul avec empressement ;
froissé, d'ailleurs, de l'indifférence de Mme d'Algorre, il s'éloignait d'elle, sinon, sans regret du
moins, avec un sentiment de fierté blessée.

Malheureusement, la perfide sirène avait vu

d'un coup d'œil ce qui se passait, et si elle se sentait impuissante en face de l'accueil glacé que M. Anget opposait à ses prévenances, elle avait trop bien deviné son empire sur le jeune homme pour le laisser échapper, et assurer ainsi le double triomphe de celui qu'elle allait bientôt considérer comme son ennemi, ne pouvant le compter au nombre de ses fidèles !

D'un mouvement aussi gracieux qu'imprévu, elle s'élança dans le salon, sur les traces d'Albert, et sans paraître s'occuper de M. Anget qui était cependant tout près d'elle :

— Eh quoi ! s'écria-t-elle, en s'adressant à M. Rémy, c'est ainsi que vous me quittez ? Vous vous enfuyez, sournoisement, sans que j'aie pu encore vous remercier de toutes vos amabilités pour moi ? Ah ! ce n'est pas bien ; d'autant plus, ajouta-t-elle, en appuyant sur ces derniers mots avec une douceur infinie, que je comptais sur vous pour me ramener chez moi.

— Oh ! madame, balbutia l'infortuné, je suis trop heureux de cette faveur pour abandonner les lroits qu'elle me donne! Excusez-moi auprès de es dames, dit-il, en se retournant vers M. Anget stupéfait et furieux, et veuillez bien vous char-ger de les reconduire; je ne puis manquer au devoir que m'imposent les bontés de madame!

Et ravi de nouveau, sans plus s'inquiéter de sa mère et de sa femme, il fit avec la belle créole un tour dans le salon, puis il la suivit sur la ter-rasse, au grand désappointement de MM. Luc, Achille, de Langeron, et de tant d'autres qui avaient espéré, pour eux-mêmes, le bonheur qui arrivait à M. Albert Rémy.

M. Anget, indigné, ne voulut pas disputer, publiquement, le jeune homme au tyran qui l'en-levait aux joies pures et simples de la famille; il revint près des pauvres délaissées, témoins muets de cette scène pénible, et offrant son bras à la jeune femme, comme étant la plus éprouvée, il les ramena chez elles, respectant le chagrin qui pesait sur leur cœur, et ne cherchant pas à donner de consolations banales à celles que le sort venait de frapper si injustement.

5

Lorsque Paul rentra, il était profondément triste, et le dirai-je, accablé de remords; lui dont toutes les actions simples, franches et courageuses pouvaient être avouées sans détour, il s'en voulait d'avoir été dissimulé avec la seule femme, digne de son amour, et il se reprochait, non sans raison, quelques-uns des incidents de cette fatale soirée. En effet, ils eussent été moins graves et moins décisifs, s'il ne leur eût donné, par sa présence, une sorte de consécration et d'acuïté vibrante! Sa conscience était mal à l'aise, il se sentait coupable vis-à-vis de Fanny, coupable vis-à-vis de la famille Rémy; il lui semblait que son intervention maladroite auprès d'Albert avait déterminé la crise qu'il voulait précisément éviter, et toutes ces pensées cruelles agitant son esprit, il ne put prendre une minute de repos. Il lui tardait d'être au matin pour savoir ce qui s'était passé, et pour réparer les torts imaginaires et réels qu'il s'attribuait.

Mais il n'était pas seul à souffrir d'une insomnie douloureuse; d'autres esprits agités, d'autres cœurs blessés gémissaient sous l'étreinte des événements, et n'envisageaient pas l'avenir, sans une angoisse mortelle !

IV

Le lendemain de cette soirée terrible, le temps était sombre, comme les âmes ! Quoiqu'on fût en été, des nuages couvraient le ciel, et la mer furieuse, poussée par un vent de tempête, jetait ses vagues écumantes jusqu'aux terrasses des maisons les plus éloignées de la plage. Des tourbillons de poussière, formés par le sable fin de la lande, s'élevaient en spirales dans les rues et sur les promenades d'Arcachon ; les grands pins, courbés par l'ouragan, semblaient pousser des cris plaintifs et se tordre sous l'effort d'un cataclysme imminent. Personne n'osait se risquer en dehors de sa maison ; on eût dit une ville morte qu'un fléau subit vient de frapper, et d'immobiliser à jamais par quelque redoutable désastre.

Cependant, à cette heure, si quelqu'un se fût promené sur la plage, on aurait surpris Mlle de Lantac si bien absorbée par un travail de patience qu'elle paraissait ne pas s'apercevoir du désordre des éléments. La figure collée contre les vitres de sa porte-fenêtre, elle venait de ramasser les fragments d'une lettre que le vent avait poussés jusque dans sa chambre, et avec une attention minutieuse, elle rassemblait, un à un, les petits morceaux de papier, reconstituant ainsi la feuille entière, et jetant des regards avides sur les mots tracés d'une main fiévreuse, mais parfaitement distincts encore, dont elle cherchait à deviner l'auteur.

Qui pouvait donner un rendez-vous si impérieux ? . . . .

Et à qui s'adressaient ces tendresses félines ?

Mlle de Lantac, que son oisiveté rendait curieuse, et qui sentait le besoin d'occuper son esprit désœuvré, se délectait à la lecture de ces lignes empreintes d'une passion dont elle n'avait jamais entendu le langage, et qu'elle n'avait en-

trevu qu'à travers les pages des romans qui
avaient amusé sa jeunesse.

Son imagination trouvait là un double problème à résoudre : quel était l'heureux mortel
qui avait reçu cette lettre, et qui, au lieu de la
conserver précieusement, comme l'eût fait un
amoureux, l'avait dédaigneusement rejetée loin
de lui ?...... A coup sûr, ce n'était pas son cousin, un homme de son âge n'inspire pas de tels
sentiments, et si, par hasard, on lui écrivait de
ces choses tendres, il les conserverait avec le
soin jaloux d'un avare qui a retrouvé le trésor
perdu de ses premières années !

Il y avait bien ses voisins, les deux jeunes
Basques, MM. Achille Dérémos et Luc Gaudry; mais ceux-là aussi, par des raisons
toutes contraires à celles qui auraient dirigé son
cousin, eussent gardé, comme un talisman, les
lignes brûlantes qu'ils auraient eu le bonheur de
recevoir.

L'extrême jeunesse a de ces élans primesau-
tiers qui alimentent la flamme de l'espérance, et

les vieillards, dont une longue expérience a refroidi l'ardeur, se laissent prendre encore aux habiles flatteries qui ravivent leurs souvenirs.

Telles étaient les réflexions de Mlle de Lantac, et n'ayant pas trouvé, elle se creusait la tête pour découvrir la clef de ce mystère.

— Voyons, se dit-elle, continuant son monologue, il y a bien encore MM. Rémy père et fils ; mais le père est un homme sage auquel personne n'aurait l'idée d'envoyer des billets doux.

Quant au jeune Albert, il paraît beaucoup aimer sa femme ;...... cependant, il ne faudrait pas trop s'y fier ; c'est à voir.

M. Paul Anget a la réputation d'être un bel homme ; pourtant, je serais fort surprise de le trouver mêlé à une histoire de ce genre.......
Enfin ! on ne sait pas !...... Gardons toujours notre précieuse découverte, il se trouvera bien un moment où j'éclaircirai l'affaire.

Et après cette conclusion, satisfaite d'elle-même, Mlle de Lantac rangea soigneusement le papier dans sa boîte à ouvrage, remettant à plus tard la suite de ses investigations.

Il était neuf heures du matin, elle pensa qu'elle pouvait aller frapper à la porte de son cousin, qui n'avait pas encore paru ; il lui tardait d'avoir des nouvelles de la soirée de la veille, et d'y chercher des éléments de conviction pour le procès qu'elle instruisait au fond de sa conscience.

M. de Langeron avait mal dormi : soit qu'il se fût couché trop tard, et que la fatigue l'eût empêché de goûter un repos si nécessaire à son âge ; soit que les coquetteries de Mme d'Algorre l'eussent agacé, sans lui procurer le moindre instant de plaisir, toujours est-il qu'il était de fort méchante humeur. Il se promenait de long en large dans sa chambre, comme un homme qui cherche l'occasion de se prendre de querelle avec quelqu'un. En voyant entrer sa cousine, il eut un sourire amer.

— Ah ! c'est vous ? dit-il, est-ce que vous voulez aller prendre le bain ? L'idée serait au moins singulière par le temps qu'il fait.

— Oh ! mon cousin, rassurez-vous, je n'ai pas encore perdu la tête, je venais seulement pour savoir de vos nouvelles ; il me semble que vous n'avez pas bien dormi, car j'ai entendu du bruit dans votre chambre, toute la nuit.

— Ah ! la plaisante idée ! Voilà bien les femmes ! Elles s'imaginent toujours qu'on est perdu, dès qu'on change un peu ses habitudes ! Je suis rentré tard, hier, il est vrai, et c'est là, peut-être, ce qui vous aura dérangée ?

— C'est possible ; je ne me suis rendu compte ni de l'heure, ni du temps qu'a pu durer le petit remue-ménage qui s'est fait chez vous, et je suis bien aise d'apprendre que vous n'êtes pas trop fatigué, ajouta-t-elle, finement, pour détourner son cousin de la pensée qu'elle pouvait exercer, sur lui, une surveillance gênante.

— Je vous remercie, ma chère, de votre intérêt. Ce qui me tourmente, en ce moment, et me porte sur les nerfs, c'est la tempête qui ébranle la maison, et fait présager de grands malheurs en mer.

5.

— Hélas !....., cependant il faut espérer que parmi les braves marins d'Arcachon, il n'y aura pas eu d'imprudents ?

— On ne sait jamais; ces pêcheurs sont si intrépides ! Ils ne doutent de rien; habitués à tous les dangers, ils ne calculent pas, et souvent ils exposent leur vie avec une insouciance effrayante !

— Connaîtriez-vous quelqu'un, parmi les imprudents dont vous parlez?... Car je ne suppose pas que vous vous inquiétiez ainsi, sans raison ?

— Oui et non ; hier, dans la soirée, il avait été question d'une partie de pêche aux flambeaux que Mme d'Algorre avait organisée, précisément pour cette nuit. On devait partir à trois heures du matin, traverser les passes, et aller jeter les filets en plein Océan.

— Quelle folie ! décidément cette terrible femme ne peut rester un instant en paix, et il faut qu'elle entraîne les autres dans ses entreprises aventureuses !

— Ma chère, faites-moi le plaisir, reprit M. de

Langeron d'un ton aigre, de ne pas juger une personne supérieure, comme Mme d'Algorre, avec les idées étroites et les préjugés absurdes qui ont cours dans votre petite ville de province! Elle est tellement au-dessus du vulgaire que la mesure commune ne saurait lui convenir !

— Oui! oui, je sais que c'est votre manie à vous autres hommes, maintenant, de vous prosterner en adorateurs devant cette fée capricieuse, cette Mélusine, comme on l'appelle ici ; mais vous ne m'empêcherez pas de dire qu'elle est dénuée de cœur, autant que de bon sens !

— Taisez-vous, Zéphyrine, vous savez que je ne supporte pas la raillerie sur ce sujet-là, et nous nous brouillerons si vous continuez à médire de la plus admirable femme qui soit au monde !

Mlle de Lantac, piquée au vif, avait bien envie de répondre une malice à son cousin ; mais elle réfléchit que, si elle le mécontentait tout à fait, il refuserait de satisfaire sa curiosité, et le besoin de savoir l'emporta sur son amour-propre.

— Admirable! admirable, murmura-t-elle entre ses dents, enfin! Il ne s'agit pas de cela, mon cousin, reprit-elle tout haut ; mais de votre santé que vous négligez trop depuis quelque temps. Ainsi, ce matin, je vous ai entendu refuser votre porte à un laitier qui vous apportait une bonne tasse de lait chaud ; ce n'est pas raisonnable de ne tenir aucun compte des prescriptions les plus simples du médecin. Vous devez vous rappeler que, lorsque nous avons quitté les Eaux-Bonnes, il vous a très-instamment recommandé de contrebalancer l'effet trop excitant de l'air salé de la mer, par une alimentation douce qui pût rétablir l'équilibre de vos forces!... Allons, ne vous fâchez pas, se hâta-t-elle d'ajouter, en voyant M. de Langeron lui lancer des regards furieux ; vous savez que je suis une maman grondeuse, et que c'est par intérêt pour vous que je m'inquiète du régime que vous suivez.

N'en parlons plus, puisque cela ne vous convient pas, et racontez-moi un peu les plaisirs de

votre soirée d'hier; je vous promets de m'abs-
tenir de toute réflexion.

— Mais je n'ai rien à raconter, ma chère; les
soirées du Casino se ressemblent à peu près
toutes, et vous savez aussi bien que moi que
votre ennemie, Mme d'Algorre, en fait ordinairement, seule, tous les frais.

— Oui, je sais qu'elle est le centre d'attraction qui réunit autour d'elle tous les astres er-
rants de notre petite colonie d'Arcachon; mais
comme elle est très-ingénieuse, il me semble
qu'elle doit chercher à varier les distractions
qu'elle propose.

— Cela est inutile; on ne se lasse jamais de
la voir et de l'entendre.

Mlle de Lantac comprit à la sécheresse de cette
réponse qu'elle n'obtiendrait rien de plus, pour
le moment, et cherchant un moyen de se retirer
sans avoir l'air de céder à la mauvaise humeur
de son cousin, elle lui demanda s'il viendrait la
prendre pour déjeuner.

— Oui, oui, se hâta-t-il de lui dire, comme pressé de se débarrasser de sa présence.

Mlle de Lantac rentra chez elle, plus préoccupée que jamais, et très-contrariée de n'avoir rien découvert qui pût l'aider à percer le mystère des étranges choses qu'elle observait.

La journée qui s'annonçait sous de si mauvais auspices ne devait pas tromper les pressentiments de Mlle de Lantac, car les incidents allaient se multiplier et porter le trouble dans plus d'un cœur.

Bientôt, malgré la violence de l'ouragan, Mlle Zéphyrine de Lantac, qui s'était remise en observation, derrière sa fenêtre, vit apparaître la grande taille de M. Paul Anget. Il n'était pas seul, et soutenait une pauvre femme du peuple qui paraissait en proie au plus profond désespoir.

Que se passait-il donc, et quel était le nouveau drame qui allait se jouer snr la plage?

Quelques pêcheurs arrivaient d'un air effaré, on parlait vite et haut; mais le bruit du vent était tel, qu'il était impossible à la vieille fille de saisir un mot de ce qui se disait dans les groupes.

Il y avait devant la porte de sa chambre une galerie couverte qui n'était pas à l'abri des rafales, mais qui pouvait, toutefois, garantir un peu de la fureur des éléments ; elle se hasarda à sortir, poussée par une de ces curiosités irrésistibles qui font braver tous les obstacles.

Elle ne tarda pas à être au courant du débat qui s'engageait au bord de ce bassin d'Arcachon, si paisible et si calme à l'ordinaire, et qui semblait, à cette heure, vouloir engloutir tous ceux qui s'approchaient de ses rives.

Les craintes de M. de Langeron n'étaient que trop réelles : Mme d'Algorre, qui recherchait en toutes choses l'extraordinaire et l'imprévu, était partie à trois heures du matin, dans un bateau de promenade, avec MM. Luc Gaudry, Achille Dérémos et Albert Rémy.

Le brave batelier, Pierre Pénissel, avait bien fait observer à Mme d'Algorre que le ciel était noir, et qu'il y avait dans l'air des présages de tempête ; mais cette femme altière, qui ne souffrait pas la moindre contradiction, se tournant du côté de Pierre, lui avait dit de son ton le plus ironique :

— Avez-vous peur, par hasard ?... Dans ce cas, je demanderai à l'un de ces messieurs de vouloir bien prendre la direction [de la nacelle.

— Madame veut rire, je crois, avait répondu le brave marin, atteint au cœur par cette flèche ; si j'ai parlé de dangers, c'était pour elle ! Quant à moi, j'en ai vu bien d'autres, et les vagues de l'Océan ne sauraient me causer aucune épouvante !

Et en disant cela, le batelier, couché sur ses avirons, avait lancé sa barque dans le grand courant, où, poussée par le vent, elle était arrivée très-vite à la sortie du bassin, passage extrêmement périlleux, car il change suivant les marées, et il faut louvoyer entre des bancs de sable que la dextérité du plus habile marin

peut, seule, arriver à tourner avec succès, car
ils forment quelquefois une barrière presque
infranchissable.

Pierre Penissel était un de ceux pour lesquels
il n'existe pas d'obstacles; M. Paul Anget, qui
avait longtemps navigué avec lui, le connaissait
et l'estimait sincèrement; il fut donc très-effrayé
lorsqu'à neuf heures du matin, la femme de Pénissel, l'infortunée Catherine, vint lui raconter
qu'ayant attendu son mari toute la nuit, elle
s'était décidée à aller voir, dès l'aube, chez
Mme d'Algorre, quel était le motif de son
absence. Là, elle avait appris qu'il était parti
avant le jour, avec quatre personnes dans sa
barque, et qu'il s'était dirigé du côté du phare.
La tempête commençait à sévir, lorsque la malheureuse femme reçut cette nouvelle. Elle
pensa, d'abord, que le gros temps aurait décidé
Mme d'Algorre à revenir, et elle était restée là,
deux heures, sur le perron, guettant l'arrivée de
cette embarcation; mais inutilement, hélas!...
Alors, désespérée, et le cœur rempli d'angoisses,

la pauvre Catherine était venue près de M. Paul
Anget chercher ses conseils et son appui.

Que faire? Pourrait-on aller au secours de la
barque en péril, et arriverait-on à temps ?

M. Anget, qui avait vite pris une décision
dans les circonstances graves, n'hésita pas une
minute.

Il s'agissait de sauver son ami, le brave Pénissel, il n'y avait pas une minute à perdre, et
quel que fût l'état de la mer, il allait s'embarquer avec deux matelots dévoués pour essayer
d'arracher à la mort ce marin d'élite, victime
des caprices de Mme d'Algorre.

Il ne savait pas encore que, parmi les imprudents qui l'avaient accompagnée, se trouvait
Albert Rémy, ce jeune fou, qu'une heure d'éga-
rement avait séparé de sa famille et de ses
amis.

Mais de tels événements ne peuvent rester
longtemps cachés, et Mmes Rémy, dont l'inquiétude ne connaissait plus de bornes, avaient fini
par apprendre, elles aussi, l'épouvantable vé-

ité. De même que Catherine, leur première
pensée fut de recourir à l'expérience et à
l'amitié de M. Anget; mais lorsqu'elles arrivèrent chez lui, il n'y était déjà plus. Elles
suivirent ses traces, et ne se trouvèrent sur la
plage qu'au moment où installé dans la barque
l commandait les premières manœuvres.

Elles tendirent les bras vers lui, en signe de
détresse, il les aperçut et les salua de la main;
puis, tout entier à son devoir, responsable de la
vie de ceux qui se sacrifiaient pour aller au secours de ses amis, car il avait compris qu'il en
avait maintenant deux à sauver, il ne tarda pas
à disparaître à l'horizon.

Un moment, le souvenir de Fanny, à laquelle
l n'avait pu serrer la main, lui avait brisé le
cœur; mais il avait eu le courage de partir sans
a revoir!

Pauvre Fanny! depuis la veille, elle était
plongée dans d'horribles angoisses, il lui semblait qu'un malheur planait sur sa tête, et elle
se sentit d'autant plus triste, en se levant, le

matin, que le ciel et la terre, eux-mêmes, avaient revêtu une teinte de deuil !

Elle se trouvait dans ces dispositions, lorsqu'il lui vint une visite bien inattendue. Mlle de Lantac, que tous ces événements agitaient outre mesure, et qui avait un impérieux besoin de causer, s'était dit que les circonstances excuseraient son indiscrétion, et elle s'était rendue chez sa voisine.

Mme Poniaschine, très-fatiguée ce jour-là par toutes les émotions qui la troublaient, venait à peine de se lever, lorsque la vieille fille entra dans son appartement. Elle ignorait les grandes et terribles nouvelles d'Arcachon.

— Ah ! chère madame, dit Mlle de Lantac, en l'abordant, pardonnez-moi de venir vous déranger à cette heure matinale ; mais il se passe des choses si extraordinaires ici, que j'ai pensé pouvoir vous intéresser, en venant vous raconter les folies de Mme d'Algorre, folies qui pourraient bien coûter cher à plus d'un habitant d'Arcachon !

— Mme d'Algorre, que voulez-vous dire ?' reprit la pauvre Fanny, comme frappée d'un pressentiment douloureux.

— Vous la connaissez bien, sans doute ?

— Oh! oui, je l'ai aperçue, quelquefois, sur la plage, dans ses toilettes tapageuses.

— Ah! vous ne l'avez jamais vue au Casino ?

— Jamais, puisque je n'y vais pas; mais qu'a-t-elle fait? dites-le-moi, je vous en conjure !

— Ah! chère madame, elle ensorcelle tous ceux qui l'approchent! Cette nuit, après avoir entraîné à sa suite une foule de jeunes gens, elle est partie avec trois d'entre eux, à trois heures du matin, dans une barque conduite par Pénissel, et la pauvre Catherine, en voyant la tempête, est venue chercher M. Paul Anget, pour l'envoyer au secours de son mari !

En entendant le nom de Paul Anget, jeté si inopinément au milieu de ce drame, Fanny était devenue pâle, comme une morte, et elle avait senti s'arrêter, dans sa poitrine, les battements de son cœur! Mais elle fit un effort, et elle domina sa faiblesse, ne voulant pas donner à la curiosité de la vieille fille le spectacle de sa douleur.

— Quoi! reprit-elle, en étouffant son émotion, Mme d'Algorre est en mer avec cette tempête, et c'est pour elle que tant de braves gens vont s'exposer à la mort?

Sa voix tremblante en disait plus que ses paroles, et l'anxiété de son visage n'avait pas échappé à l'œil scrutateur de Mlle Zéphyrine.

Elle en savait assez, maintenant, et ne voulant pas prolonger l'agonie de la pauvre femme, elle se retira, en lui promettant de revenir, dès qu'elle aurait appris quelque chose de nouveau.

Mme Poniaschine l'accompagna jusqu'à la porte, et dès qu'elle fut seule, elle se laissa aller, pendant quelques minutes, à tout le paroxysme de son désespoir!... Ainsi, Paul était parti, sans l'avertir, et c'était pour arracher Mme d'Algorre

une mort certaine qu'il allait s'exposer aux
lus grands dangers !

Par un raffinement de malice, Mlle de Lantac,
ui aurait pu, en donnant plus d'ampleur à son
écit, ne pas laisser errer les soupçons de Fanny
ur les motifs qui avaient fait agir M. An-
et, s'était arrêtée juste à temps pour jeter le
:ouble dans son âme, sans y apporter, en même
:mps, la lumière qui l'aurait apaisée. Mais la
jeille fille était satisfaite ; elle avait enfin réussi
.surprendre un secret, elle n'avait pas perdu sa
)urnée.

V

Midi venait de sonner à la grande horloge du chemin de fer, et la situation n'était pas changée! La mer, houleuse, roulait toujours ses flots noirs avec un bruit terrible, et le vent ne cessait pas de gémir à travers les hautes branches de sapins qu'il tordait sous ses puissantes étreintes.

Fanny, debout derrière sa fenêtre, priait et pleurait en silence; Mlle de Lantac allait et venait, comme un écureuil en cage, sous la longue galerie couverte qui borde les maisons, M. de Langeron était sorti pour fuir les questions de sa cousine. Quant à Mmes Rémy, enfermées dans leur appartement, comme Fanny, elles attendaient avec l'anxiété du désespoir la fin de

ce drame terrible où tout l'avenir de la jeune
femme était en jeu! Sa belle-mère, qui ne sentait pas sa responsabilité parfaitement dégagée
dans tout ceci, courbait la tête, en gémissant, et
ne soufflait mot. Mais l'infortunée Marie, écrasée
par sa propre douleur, ne songeait plus à faire
de reproches à personne; elle souffrait! Et tout
entière au déchirement de son âme, elle s'abî-
mait dans une angoisse indescriptible! Ah! que
la jalousie était loin d'elle à ce moment suprême!
Pourvu qu'elle pût revoir son Albert chéri,
tous ses torts étaient à l'avance oubliés et par-
donnés!

Catherine, qui voulait partir pour aller au
secours de son mari, avec les marins qui avaient
accompagné M. Anget, n'avait cédé qu'à l'autorité de celui-ci, et s'était résignée, en protestant,
à rester sur la rive, tandis que son mari était en
proie au plus affreux danger.

Malgré les fureurs de la tempête, elle allait et
venait sur la plage, sans souci de la pluie qui
ruisselait sur ses vêtements et des vagues bon-

dissantes qui, parfois, la forçaient à se coucher sur le sable pour n'être pas entraînée par la violence de la rafale. Rien n'avait pu l'arracher de son poste d'observation, ni les prières de sa mère, ni les cris de ses petits enfants; il lui semblait qu'en restant là, elle conjurait la destinée, et que son amour et sa tendresse pouvaient encore, par une sorte d'effluve magnétique, envoyer à son mari un encouragement et une consolation !

Catherine était une vaillante femme : élevée dans une famille de marins, elle connaissait, pour les avoir pratiqués, tous les rudes travaux de ces hommes énergiques qui affrontent, chaque jour, les plus effroyables périls, et elle ramait avec une vigueur, une adresse qui n'étaient pas le moindre de ses charmes, aux yeux de Pierre Péhissel.

Il y avait dix ans qu'ils étaient mariés, et pas un nuage n'avait troublé l'accord de ces deux cœurs. Trois enfants leur étaient nés comme pour resserrer le lien d'affection qui les unissait;

forts et bien portants, ils faisaient la joie du ménage, et promettaient d'avoir, un jour, les talents et la hardiesse de leur père, en même temps que la grâce et la beauté de leur mère !

Pauvre Catherine ! Depuis le jour de son mariage, elle n'avait jamais eu un tourment aussi cruel que celui de cette heure !

Du reste, tout le monde était consterné dans le petit village d'Arcachon, où la nouvelle d'un sinistre probable s'était répandue avec la rapidité de l'éclair.

Victoire elle-même, la servante empressée des deux jeunes gens basques, se lamentait en roulant ses deux gros yeux gris, sous ses sourcils roux, et poussait des soupirs à fendre les montagnes !

— Ah ! mon doux Jésus, disait-elle, en marmottant une prière, de si beaux garçons, si gentils, si plaisants, Seigneur, mon Dieu ! sauvez-les du naufrage !

VI

Pendant ce temps, qu'était devenue la barque, cause de tant d'effroi et de si mortelles angoisses ?

Ainsi que nous l'avons dit, Mme d'Algorre était partie avec ses trois adorateurs, malgré les sinistres prédictions du brave Pénissel. Elle voulait montrer à M. Anget qu'elle se moquait de ses mépris et de son indifférence, et pour s'étourdir, et cacher à tous le dépit qui la rongeait, elle redoublait de *brio* et de gaieté factice. On eût dit que cette femme étrange n'éprouvait jamais le besoin du repos, et elle était aussi fraîche à quatre heures du matin, par ce temps d'orage, que si elle eût passé une bonne nuit à dormir sur ses oreillers!

Pierre, attentif à la manœuvre, dirigeait la barque avec toutes les précautions imaginables; les lames, déjà hautes, le forçaient à un travail continuel, et ses bras, sans cesse en mouvement, essayaient d'imprimer une allure régulière à sa faible nacelle; mais tous ses calculs étaient déjoués par la force des courants sous-marins, et plus on approchait des passes dangereuses, plus la houle moutonneuse de l'Océan se faisait sentir. La crête des vagues écumait comme la mâchoire d'un monstre en fureur; on venait de franchir le dernier défilé qui allait les conduire à la grande mer, Pénissel jeta un regard de pitié sur les trois jeunes gens qui s'étaient mis si aveuglément à la suite de Mme d'Algorre, puis il donna un dernier coup d'aviron, et la barque, lancée en pleine tempête, dansa sur les vagues, comme un frêle bouchon de liége, que le flot fait tournoyer dans ses remous profonds!

6.

En ce moment, Pénissel se tourna du côté de
Mme d'Algorre et lui montra la mer en fureur,
avec un geste de défi qui semblait lui dire :

— Croyez-vous maintenant à mes pressentiments de marin?

Mais celle-ci, rebelle à l'évidence même,
voulut essayer une dernière bravade.

— Eh bien! messieurs, qu'en pensez-vous?
Si nous jetions les filets; l'eau est trouble, la
pêche sera abondante?

Cette plaisanterie stupide resta sans écho;
elle venait à peine de la laisser tomber de ses
lèvres, lorsqu'un coup de mer la rejeta dans le
fond de la barque, sans que personne y prît
garde.

En cet instant suprême, les illusions allaient
s'évanouissant, et ces jeunes fous, qui étaient
partis si étourdiment pour une partie de plaisir,
étaient devenus sérieux, en face de la mort qui
leur paraissait inévitable.

Albert éperdu songeait à sa femme et à sa
mère, et il maudissait, dans son cœur, la Mélu-

sine fatale qui avait voulu pour elle et pour eux l'attrait du danger inutile!

Pénissel vit ce changement, il se hâta d'en profiter.

— Messieurs, s'écria-t-il, tous à la manœuvre!... Nous ne sommes plus en promenade à cette heure; le péril est grand; mais avec de l'énergie et du sang-froid, nous pouvons encore nous sauver!

Et tirant du fond de l'embarcation les rames supplémentaires, il les mit aux mains de ces jeunes gens qui s'en servirent à merveille, et grâce à leurs efforts réunis, la barque, au lieu de chercher à rentrer dans le bassin par les défilés étroits qu'elle venait de franchir, fut dirigée du côté du phare où elle s'échoua sur un banc de sable. Les quatre hommes sautèrent sur la rive, emportant dans leurs bras Mme d'Algorre presque évanouie, non de frayeur, mais de colère et de désespoir de n'avoir pu réussir à dompter les flots, elle qui avait la prétention de tout soumettre à sa volonté despotique.

Ils se mirent à l'abri dans la grande salle du monument qui indique l'écueil aux vaisseaux attirés dans ces parages.

Mais tandis qu'ils échappaient aux étreintes de la tourmente, M. Paul Anget et ses deux compagnons affrontaient les vagues perfides du bassin. Heureusement, tous les trois étaient vigoureux et forts, et ils avaient la volonté et l'énergie nécessaires pour mener à bien leur entreprise. Ils étaient parvenus jusqu'au banc de sable où Pénissel avait cherché un refuge; c'était de ce côté-ci, comme du côté de l'Océan, le seul endroit abordable en cet instant. Il eût été impossible de traverser les passes, et M. Anget pensait avec raison qu'il était inutile d'aller au-delà.

Cette lande mouvante, qui forme une sorte de bourrelet à l'extrémité de l'étang salé d'Arcachon, était devenue un port de salut pour les naufragés, en même temps que pour leurs amis qui voulaient examiner du haut du phare l'éta de la mer, et se rendre compte de ce qu'ils pouvaient encore tenter.

Ils marchaient la tête basse, le cœur oppressé
un indicible chagrin, faisant des efforts inouïs
)ur se tenir debout sur ce terrain sablonneux
ujours difficile à parcourir ; mais rendu pres-
ie impraticable par les affouillements que
:au de mer et le vent faisaient dans la dune, la
eusant en sillons, l'élevant en collines, et bou-
versant toute la physionomie du sol.

Enfin! les voilà près de la haute tour, ils
itrent et la première personne qu'ils aperçoivent
t Mme d'Algorre. Celle-ci, en voyant s'avancer
.. Anget, jette un cri, se lève, et semble vouloir
ler au-devant de ses pas pour le remercier et
bénir.

Mais lui, d'un regard froid la cloue à sa place,
a vu Pénissel et Albert; il court à eux, les
:rre, les embrasse.

— Oh! mes amis, mes amis, quelle joie pour
.oi et pour votre famille de vous retrouver tous
i, et de pouvoir vous ramener sains et saufs
armi les vôtres qui souffrent et languissent dans
i douleur !

Pierre s'informait de Catherine, de ses enfants, de sa belle-mère; M. Anget répondait avec calme à toutes ces questions. Quant à Albert, atterré, humilié devant son ami, il n'osait pas demander des nouvelles des êtres chers qu'il avait si profondément blessés; mais M. Anget, voyant son repentir, s'approcha de lui, et tout bas, il lui dit :

— Je les ai vues, au moment de mon départ, elles pleuraient! Ah! mon cher Albert, je suis bien sûr que Marie vous pardonne, et lorsqu'elle vous reverra, hors de tout danger, il n'y aura pas, sur ses lèvres, un seul mot de reproche.

— Excellent cœur, murmura Albert, oh! qu'il me tarde d'être près d'elle!

Pendant que s'échangeaient ces confidences, Mme d'Algorre, voulant affecter une indifférence qu'elle était loin de ressentir, s'était mise à plaisanter avec les deux jeunes Basques, revenus de leur première stupeur.

L'orage, peu à peu, se calmait, et dans la soirée, le bateau à vapeur put reprendre son ser-

ce, interrompu depuis le matin. C'était un
oyen de retour facile et sûr; M. Anget décida
l'on le prendrait, les barques échouées sur le
ble n'étant pas en état de reprendre la mer,
i reviendrait les chercher plus tard ; avant tout,
fallait rassurer les familles éplorées.

Mme d'Algorre essaya bien de faire quelque
sistance ; mais M. Anget lui ayant signifié que
ut le monde partirait, qu'elle seule était libre
: rester si bon lui semblait, elle se résigna, et
ns mot dire, elle monta sur le pont du bateau
vapeur, regardant le paysage, sans le voir, et
ngeant par quel moyen elle pourrait se venger
: M. Anget.

Il était cinq heures, lorsque le bateau aborda
Arcachon ; Catherine n'avait pas quitté la
age ; ses yeux perçants furent les premiers à
couvrir Pénissel et M. Anget, elle poussa
ers le ciel un soupir de reconnaissance, et se
ndit, accompagnée d'une foule qui allait tou-
urs grossissant, jusqu'au pont de débarquement.

Je renonce à peindre la joie de la pauvre

femme ; elle avait pris dans ses bras ses deux
plus jeunes enfants, tandis que le troisième la
tirait par sa robe, afin d'arriver en même temps
que les autres, auprès de ce père tant aimé qu'ils
avaient cru perdu, et qu'ils allaient revoir avec
un si grand bonheur !

M. Paul Anget, grave et sérieux, comme un
homme qui vient d'accomplir un devoir sévère,
aurait voulu se dérober aux ovations de ce peuple enthousiaste ; mais celui-ci avait une telle
confiance en son courage, une idée si haute de la
puissance de son intervention, qu'il lui paraissait
impossible qu'il ne fût pas à lui tout seul le
sauveur providentiel des naufragés.

M. Anget repoussait en vain les louanges
qu'on lui adressait, disant qu'il n'était pour rien
dans le sauvetage de ses amis; on ne voulait pas
le croire, et l'on continuait à l'acclamer.

Albert avait passé son bras sous le sien, et,
d'un pas hâtif, il suivait la longue allée condui-
sant au chalet où il était logé avec sa famille.
Personne n'était venu l'attendre !.... La présence

Mme d'Algorre eût gêné les épanchements
imes; mais sa jeune femme et sa mère, pré-
nues par Mlle de Lantac, toujours officieuse et
ipressée, l'attendaient avec l'anxiété du doute
de l'espérance! Les bras et les cœurs s'ou-
aient pour le recevoir; mais reviendrait-il dé-
rrassé des illusions funestes qui l'avaient jeté
ns le péril, et si tristement éloigné de ceux qui
imaient?

Cette terrible incertitude fut bientôt dissipée;
jeune homme rentra chez lui, l'âme brisée par
sentiment de sa faute, et il ne lui fut pas diffi-
e d'obtenir un pardon donné d'avance. Il n'y
t ni explications, ni reproches, et jamais il
fut question entre eux de cette funeste esca-
de.

Seulement, le lendemain, Albert qui man-
ait à son bureau depuis deux jours, emmena
jeune femme avec lui; sa mère n'y mit point
obstacle, trop heureuse que cette querelle pût
ir par une aussi bonne réconciliation. Du reste,
le allait bientôt quitter Arcachon; sa saison

7

était terminée, et dans quelques jours, elle se pr
posait d'aller rejoindre ses enfants.

Ce soir-là, personne ne se rendit au Casin
chacun commenta, chez soi, les divers inciden
de la journée, et Mlle de Lantac ne fut pas l
dernière à en tirer les conséquences les plu
romanesques.

Quoique M. Paul Anget fût brisé de fatigu
il ne voulut pas rentrer chez lui, sans avoir rev
Mme Poniaschine. Il trouva la pauvre Fann
affaissée sur son fauteuil, en proie à une fièvr
violente ; il devina qu'elle savait une partie de l
vérité.

— Mon amie, dit-il, en l'abordant, vous voye
devant vous, non un grand coupable, mais u
homme désespéré d'avoir commis une imprư
dence qui a pu vous inquiéter, et vous faire souf
frir !

— Oh ! cher, dit la pauvre femme, j'ai pass
loin de vous de bien tristes heures ; mais je vou
retrouve, et mon chagrin s'efface ! Racontez-
moi tout, je veux savoir ce qui est arrivé ; ce

matin, Mlle de Lantac est venue me rendre visite,
sous prétexte de me mettre au courant des his-
toires d'Arcachon; elle m'a fait beaucoup de
mal! Oh! pourquoi le nom de Mme Algorre se
trouve-t-il mêlé au vôtre? Je ne suis point jalouse,
n'en ai pas le droit, et l'affection que j'ai pour
vous est trop sincère pour qu'il me soit permis
de douter de la vôtre; mais cette femme me fait
peur, ses allures m'épouvantent, et il me semble
que le nom de Mélusine, dont on l'a gratifiée,
depuis qu'elle est ici, est pour moi un présage
que cette méchante fée me portera malheur!

— Calmez-vous, chère Fanny, c'est le délire
de la fièvre qui vous inspire en cet instant; que
peut-il y avoir de commun entre cette femme et
vous? Oubliez-la, comme je veux l'oublier moi-
même, elle ne mérite pas qu'on s'occupe d'elle,
malgré sa beauté provocante et les savantes manœuvres de sa coquetterie!

Alors il se mit à lui raconter, en détail, tous
les incidents de la soirée précédente et ceux de
cette journée qui avait failli devenir fatale à tant

de braves gens dont la mort eût été un irrépa-
rable malheur, en même temps qu'un holocauste
monstrueux offert aux caprices d'une créature
insensée et fantasque !

Ce récit soulagea le cœur de Fanny, non
qu'elle eût jamais douté de la droiture et de la
loyauté de son ami; mais il lui semblait qu'il y
avait eu un nuage entre eux, et que ce nuage
était maintenant dissipé.

— Merci, lui dit-elle, en lui tendant sa main
pâle et encore un peu fiévreuse, je me sens
mieux, beaucoup mieux; je passerai une bonne
nuit, et je tâcherai d'éloigner de mes songes le
cauchemar de la fée Mélusine, ajouta-t-elle en
riant.

Ce soir-là, cette longue et affectueuse poignée
de mains qui ne se terminait jamais sans qu'un
soupir douloureux s'échappât de ces deux cœurs,
trop pleins l'un de l'autre, pour vivre heureux
en étant séparés, fut accompagnée d'un baiser que
Paul mit respectueusement sur cette main chère
qui s'abandonnait à lui, avec une si naïve confiance.

Pendant huit jours, ce fut comme un renouveau dans cet amour superbe! Fanny, prompte-
ment rétablie, sortait chaque soir, au bras de
son ami que personne n'essayait plus de lui
ravir!

Mme d'Algorre ne quittait pas ses appartements;
depuis son accident, elle jouait la comédie de la
souffrance, et ne recevait d'autre visite que celle
de Mlle de Lantac.

C'est en vain que M. de Langeron, M. Achille
Hérémos, M. Luc Gaudry, et *tutti quanti*, se
présentaient à tour de rôle à cette porte, autrefois si largement ouverte, elle restait impitoya-
lement fermée devant tous ces dévots adorateurs d'une divinité qui ne voulait plus de leurs
hommages.

La vieille fille paraissait très-fière de son intimité avec la célèbre créole, elle allait et venait
d'un air important et mystérieux, et se pavanait,
devant son cousin, devenu de plus en plus mo-
rose, des attentions que Mme d'Algorre ne cessait
d'avoir pour elle. Nous verrons bientôt que ces

deux femmes, réunies par le hasard, et par le double mobile de la curiosité chez l'une et de la passion irritée chez l'autre, avaient cruellement mis à profit cette semaine de retraite, et que la fée Mélusine se préparait à jouir bientôt de l'œuvre scélérate qu'elle avait si patiemment et si perfidement édifiée !

VII

Mme d'Algorre ne pouvait se consoler de l'échec
'elle avait éprouvé, vis-à-vis de M. Anget,
'en en tirant une vengeance éclatante.

Toute femme, qui voit ses avances repoussées,
demande naturellement : où est l'obstacle?

ur que M. Paul Anget me traite avec cette
ideur, s'était dit l'irascible créole, il faut qu'il
ne ailleurs?... Et elle s'était mise à chercher
elle était la femme qui pouvait bien détruire
ffet de ses charmes. Elle aurait peut-être cher-
é longtemps, sans découvrir sa rivale, si une
constance fortuite ne l'eût mise en rapport
ec Mlle de Lantac.

La vieille fille avait aussi une rancune contre

Mme Poniaschine; elle avait échoué dans son projet de provoquer ses confidences, et elle ne le lui pardonnait pas! Elle saisit donc, avec empressement, l'occasion qui se présenta d'aller chez Mme d'Algorre.

C'était le lendemain de la tempête; M. de Langeron, sachant que la belle créole était malade, n'avait pas osé se rendre, lui-même, auprès d'elle; mais comme il souhaitait ardemment d'avoir de ses nouvelles, il essaya de persuader à sa cousine qu'elle devrait bien faire cette démarche pour lui. Il craignait de trouver de la résistance, il fut agréablement surpris en voyant Zéphyrine accepter si facilement sa proposition. Celle-ci, qui avait d'abord paru jalouse de Mme d'Algorre, s'était bien vite calmée; le peu de succès qu'obtenait auprès d'elle M. de Langeron l'avait désarmée, et elle n'était pas fâchée d'entrer en relations avec cette fée Mélusine qui faisait tourner toutes les têtes.

Dans l'après-midi, après avoir fait une toilette très-soignée, elle se rendit au chalet qu'habitait

[me d'Algorre, elle sonna, donna sa carte, et
demander si on voulait bien la recevoir ; on
ntroduisit aussitôt.

Mme d'Algorre ne connaissait que de nom la
usine de M. de Langeron ; mais elle pressentit
u'en causant avec la vieille fille, elle appren-
rait, sur la société d'Arcachon, des détails qui
mettraient au courant du mystère qu'elle vou-
ût éclaircir.

La belle créole, languissamment couchée sur
n sofa de son salon, fit à Mlle de Lantac l'ac-
uéil le plus aimable.

— Ma porte était fermée pour tout le monde,
ademoiselle ; mais en apprenant que vous
ous étiez dérangée tout exprès pour avoir de
nes nouvelles, je me suis empressée de donner
ordre qu'on vous fît entrer.

— Vous êtes mille fois bonne et charmante,
épondit la vieille fille, avec son sourire le plus
racieux.

— Oh ! mademoiselle, tout le plaisir est pour
noi ; il y a si longtemps que j'avais envie de

7.

faire votre connaissance; M. de Langeron m'a souvent parlé de vous, de votre admirable dévouement et de toutes les qualités qui vous distinguent.

Mlle de Lantac, éblouie de la beauté de son interlocutrice, du luxe qui l'entourait et des flatteries qu'elle lui adressait avec tant de grâce, ne cachait ni son admiration, ni la joie qu'elle éprouvait de se trouver en contact avec une personne aussi remarquable.

Et faisant assaut de politesse, elle insista sur l'intérêt tout particulier qu'elle portait à Mme d'Algorre, lui racontant ses angoisses de la veille lorsqu'on avait pu craindre pour sa vie, en mettant, dans ce récit, toute l'ampleur d'une exaltation factice.

— Ah! nous nous souviendrons de cette journée! dit-elle; heureusement qu'il n'y en a pas souvent de semblables à Arcachon.

— J'ai vivement regretté mon imprudence, reprit Mme d'Algorre. Pénissel m'avait avertie; mais je suis brave, je n'ai pas voulu croire à ses

onostics de tempête ; c'était une folie de ma
art, et je suis désolée de toute l'inquiétude qu'il
donnée à sa famille.

— Il y avait aussi M. Albert Rémy, dont l'ab-
nce a fait verser bien des larmes !

— Oh ! pour celui-ci, c'est un jeune fou ; je
e suis pas du tout responsable de ses extrava-
ances ! Quant à MM. Dérémos et Gaudry, je
e crois pas qu'on se soit beaucoup inquiété
'eux ; ils sont seuls ici, et libres, je le suppose,
e faire ce qui leur plaît ?

— Ah ! madame, vous oubliez la bonne et ten-
re Victoire ! La pauvre fille était dans un désespoir
omique, à force d'être expansif, et je crois bien
ue son service a dû se ressentir du trouble de
es idées.

Mme d'Algorre eut un sourire, puis elle reprit,
ans avoir l'air d'y attacher de l'importance :

— Et M. Paul Anget, ce stoïque indifférent,
ersonne ne s'occupait de lui, j'imagine ?... Il
ourrait bien être englouti sous les eaux de
l'Océan, sans qu'aucun cœur de femme, si ce

n'est celui de sa mère, fût atteint par l'inquiétude poignante, et par le douloureux regret de sa mort ?

— Ceci n'est peut-être pas tout à fait exact, insinua Zéphyrine.

— Quoi! M. Paul Anget, cet homme de glace, aurait daigné descendre de l'Empyrée qu'il habite, pour chercher à émouvoir une humble mortelle?... Ah! je vous en prie, contez-moi cela, mademoiselle; vous m'amuserez prodigieusement.

Mlle de Lantac était trop fine pour ne pas deviner les souffrances de la jalousie sous les paroles légères de Mme d'Algorre, et elle trouvait à sa visite encore plus d'intérêt qu'elle ne l'avait espéré.

— Oh! mon Dieu, madame, je ne sais rien de bien précis; mais je serais étonnée si j'apprenais que Mme Poniaschine n'a pas passé la journée d'hier dans les larmes.

— Mme Poniaschine?... Je ne connais pas ce nom.

— C'est une jeune femme française, mariée à
un grand seigneur de Russie; sa santé est fort
délicate; elle ne sort que pour prendre ses bains
et faire de longues promenades dans la forêt ou
sur le bord de la mer.

— C'est étrange! Je ne l'ai jamais aperçue, dit
Mme d'Algorre, comme se parlant à elle-même.
Mais, reprit-elle, tout haut, il est probable que
ses promenades ne sont pas solitaires?

— Oh! non, M. Anget l'accompagne toujours; je crois qu'ils sont fort bien ensemble.

— Ah! Et cette dame est seule ici? Son mari
n'est pas avec elle?

— Je ne pense pas; on l'aurait rencontré
quelquefois.

— Ainsi, mademoiselle, vous êtes persuadée
que M. Paul Anget aime cette femme, et qu'il
en est aimé.

— Oui, madame.

— Voilà donc le secret de son indifférence! Ah!
je le savais bien que sa vertu farouche n'était
qu'hypocrisie!... Mais enfin, mademoiselle, si

Mme Poniaschine est belle, coquette et jeune, pourquoi ne vient-elle pas le soir, au Casino? L'admiration de son fidèle ami l'y suivrait, et il jouirait, au moins, de ses succès!

— Je suppose qu'ils préfèrent le tête-à-tête.

— Ah!... Eh bien! dit-elle, tout à coup, en affectant un avide mouvement de curiosité : je regrette de ne pas connaître cette dame; j'aime beaucoup la Russie, et ses récits m'amuseraient. Êtes-vous assez intime avec elle pour lui proposer de venir me voir?

— Oh! non, madame, et d'ailleurs elle s'est fait une loi de ne rendre de visites à personne : je crois que ce serait une tentative inutile. Mais si vous tenez à causer de la Russie, je puis vous amener une autre jeune femme qui ne demandera pas mieux que de passer quelques heures avec vous. Mme Téléka est une personne fort originale dont la conversation vous intéressera.

— Eh bien! mademoiselle, si vous pensez que Mme Téléka veuille bien venir, de temps en

:mps, près d'une personne souffrante, je vous
aurai un gré infini de me la présenter, la pro-
aaine fois que vous me ferez l'honneur de venir
ie voir ?

— Ne serait-il pas indiscret, demanda la
ieille fille, en se levant, de revenir demain ?

— Au contraire! cette attention de votre part
ie fera le plus grand plaisir.

Le lendemain, en effet, Mme Téléka, qui cher-
aait des distractions, n'ayant plus rien à faire
ans ce pays où elle restait, malgré elle, fut en-
aantée de suivre Mlle de Lantac chez Mme d'Al-
orre.

La conversation ne tarit pas sur les mœurs
: les usages de la Russie, toutes choses qui im-
ortaient fort peu à Mme d'Algorre, et dont elle
e parlait que pour arriver à jeter çà et là le nom
e Mme Poniaschine dans la conversation, et tirer
arti de ce qu'on pourrait dire à son sujet.

Mme Téléka, sans défiance, raconta mille dé-
ails qui n'étaient pas tous intéressants; mais
adroite créole savait habilement s'en servir pour

en obtenir d'autres dont elle faisait son profit.

C'est ainsi qu'elle apprit le nom de la propriété qu'habitait M. Poniaschine, celui de la province dans laquelle elle se trouvait, et une foule de renseignements qui lui semblèrent précieux.

Ces dames sortirent ravies de leur visite, se promettant bien de répondre à l'invitation qui leur avait été faite de revenir souvent, et de ne pas abandonner une pauvre malade qui n'avait plus la force de chercher à se distraire elle-même.

Mme d'Algorre ne perdit pas de temps, elle savait maintenant l'adresse de M. Poniaschine; il s'agissait de mettre à exécution l'infernal projet qu'elle avait conçu.

Nous avons vu qu'elle n'était pas scrupuleuse sur les moyens de parvenir à son but; elle ne devait pas l'être davantage pour chercher à perdre ceux qui avaient eu le malheur de se trouver, comme des obstacles, sur son chemin.

Dès le soir même, elle écrivit à M. Poniaschine une lettre anonyme qui devait faire une cruelle

blessure à son amour-propre. Elle avait su ai-
guiser, avec un art perfide, le poignard qu'elle
lui enfonçait dans le cœur, bien certaine qu'après
ces révélations, l'époux de Fanny, si débonnaire
et si placide qu'il pût être, sentirait l'aiguillon de
la jalousie, et viendrait arracher sa femme à
l'idylle amoureuse où elle se complaisait avec
tant d'abandon.

Dès que sa lettre fut partie, l'impatience s'empara de Mme d'Algorre, qui persistait à rester
invisible, au fond de son chalet. Elle comptait
les jours et les heures qui la séparaient du moment où elle pourrait enfin se repaître du sup-
lice de sa rivale, et l'écraser de ses sarcasmes
et de son mépris !

Mlle de Lantac et Mme Téléka, seules admises
au privilége de son intimité, la tenaient fort au
courant de tous les petits incidents de la vie des
baigneurs. Elle épiait, avec l'appétit d'une
ogresse, l'instant où elle apprendrait enfin l'arrivée du comte Poniaschine. Elle savait ques-
tionner ses amies, sans que celles-ci se doutassent

de l'intérêt poignant qu'elle attachait à chacune
de leurs réponses. Jamais sa physionomie ne
laissait percer les émotions qui atteignaient son
âme, et, sur son visage impassible, personne ne
pouvait découvrir les traces de l'ardente curiosité
qui la dévorait.

VIII

Tandis que se préparaient les événements
ont Mme d'Algorre avait fourni la trame,
I. Anget et Mme Poniaschine, plus épris que
mais, depuis le jour où ils avaient pu craindre
'être si cruellement séparés, achevaient ensem-
le ce délicieux poëme d'amour, éternellement
rai, éternellement jeune, que toutes les âmes
'élite ont rêvé, et que bien peu, hélas! ont vécu,
ans sa plénitude et dans sa beauté!

Mais ceux qui purent l'entrevoir, ne fût-ce qu'en
ne minute suprême de délire et d'enchante-
ent, ceux-là sont les heureux de ce monde, ils
nt eu leur part de joie et de félicité! Tant d'au-
es passent, comme des parias sur la terre aride,

sans qu'une goutte d'eau pure vienne rafraîchir leurs lèvres, sans qu'un doux rayon parfume leur vie!..... Ils naissent dans l'ombre, luttent à chaque pas contre le destin qui les opprime, et tombent à la fin, sur ce champ de bataille de l'existence, semblables à des soldats obscurs qui n'ont connu ni la douceur du repos, ni la gloire du succès!

Fanny savourait ces heures charmantes, avec l'âpre instinct qui nous rattache aux choses qui vont finir! Et ne passent-ils pas toujours trop vite les instants de bonheur qui nous font vivre?

L'été n'a que quelques mois, et la saison d'automne à Arcachon n'est pas favorable à la santé des personnes délicates.

Il y a bien la ville d'hiver, construite au milieu des sapins; mais ce séjour n'est ordonné qu'aux poitrinaires auxquels les émanations salées seraient nuisibles, et Mme Poniaschine voyait approcher avec terreur les grands vents de l'équinoxe qui allaient la forcer à reprendre le chemin de l'exil!

Pauvre femme ! pendant qu'elle se livrait à
es plaintes amoureuses, et au souci de l'avenir,
M. Poniaschine, qui avait reçu la lettre perfide
le Mme d'Algorre, se mettait en route en toute
hâte, pour aller surprendre sa femme, et la
punir avec cette barbarie raffinée dont la loi
accorde le bénéfice aux maris, dans tous les
pays du monde.

M. Poniaschine avait savamment préparé son
arrivée à Arcachon, pour ne donner l'éveil à
personne ; il avait choisi l'heure de minuit, afin
de s'installer, comme un simple voyageur dont
on ne soupçonnerait ni les desseins, ni l'origine.
Le lendemain, il prétexta une grande fatigue,
e fit servir dans sa chambre, et ne sortit pas de
a journée.

Seulement, tandis que Victoire faisait son
ervice, il la questionnait sur les habitants de
l'hôtel, se faisant donner, sans en avoir l'air, les
enseignements qu'il désirait obtenir. C'est ainsi
qu'il parvint à savoir dans quelle partie de la
maison se trouvait l'appartement de sa femme

et celui de quelques autres voyageurs auxquels il parut s'intéresser, pour donner le change sur ses préoccupations. Mais Victoire était très-bavarde et ne s'inquiétait guère des motifs qui lui donnaient l'occasion de causer.

Ce fut par elle que Mlle de Lantac apprit l'arrivée du nouveau personnage, petit incident qu'elle se hâta d'aller raconter à Mme d'Algorre.

Celle-ci frémit. — Enfin! se dit-elle, voilà l'heure!

Et semblable à une bête fauve qui attend sa proie, elle s'apprêta à flairer le carnage !

Cependant, M. Poniaschine, resté en observation toute la journée, n'avait rien remarqué, dans les allures de sa femme, qui pût justifier les soupçons qu'on avait éveillés en lui. Il l'avait vue passer pour se rendre au bain, elle était revenue seule, sans avoir parlé à personne. L'aurait-on trompé ?... Mais il fallait aller jusqu'au bout, et ne pas quitter la place, sans s'être rendu compte de la valeur des accusations portées contre Fanny.

Le soir, il la vit sortir pour le dîner, les journées sont courtes, dans le mois de septembre ; le soleil avait déjà disparu de l'horizon, lorsque les convives de la table d'hôte commencèrent à traverser la cour, pour rentrer dans leurs chambres.

Le temps passait, et Fanny ne venait pas... Qu'y avait-il donc d'étrange ?... Allait-il trouver la preuve de ce qu'on lui annonçait ?... Une demi-heure s'écoula... rien !

Mais bientôt il aperçut deux ombres glisser, doucement, de la salle sous la galerie, et causer en marchant. L'une de ces ombres était Fanny, l'autre, celle d'un homme de haute taille qui paraissait rempli d'attentions pour elle.

— Ce sont eux ! dit-il, en serrant tout à coup les doigts crispés autour du manche d'un poignard qu'il avait caché sur sa poitrine.

Il les vit s'arrêter au bas de l'escalier, leurs voix arrivaient à son oreille, comme un faible et doux murmure ; mais il ne pouvait saisir un mot de cette causerie intime ; puis l'homme resta seul un instant ; il attendait. Fanny était montée dans sa chambre, elle en redescendit peu de temps après, avec un chapeau et un châle, elle prit le bras de son ami, et ils partirent.

La soirée était magnifique; la lune brillait dans un ciel pur, et la brise du soir faisait onduler, doucement, les grands sapins qui se penchaient comme pour mieux couvrir, de leur ombre, l'allée discrète où Paul et Fanny se plaisaient à diriger leurs pas. Cette allée conduit, par mille détours sinueux et charmants, sur la plage de Moulleau d'où l'on voit le rayonnement du phare dans la nuit sombre, et où les vagues hautes et fortes se ressentent déjà de la houle rapprochée de l'Océan. Fanny aimait ces grands spectacles de la nature, et jamais elle ne se lassait de les admirer avec celui qui savait si bien la comprendre!

La campagne, enveloppée de la pâle lueur des astres, offrait à leurs yeux ravis d'épais massifs d'herbes odorantes, égayés çà et là par les fleurs délicates qui aiment à vivre sous l'abri des forêts.

Dans une clairière, ils découvrirent un véri-
able champ de bruyères blanches et roses.
Fanny s'arrêta pour 'en cueillir quelques-unes,
Paul l'imita, et bientôt ils en eurent une véritable gerbe.

Ils riaient, heureux, comme des enfants en
vacances; fiers de leur récolte de fleurs, ils se
es partagèrent.

— Gardez-les, en souvenir de moi, dit
Fanny.

— Est-ce que vous partez demain? demanda
Paul, brusquement ému par cette allusion à
une séparation prochaine.

— Oh! non; mais il y aura toujours un lendemain bien triste; que ce soit cette semaine
ou la semaine suivante, il faudra nous dire adieu,
mon ami, et qui sait si les hasards de la vie
nous rapprocheront une fois encore?

— Oh! ne me dites pas cela, chère Fanny, je
ne veux pas le savoir, je ne veux pas le craindre!... A quoi bon nous tourmenter de l'avenir,
jouissons du présent, et ne déchirons pas nos

8

cœurs par des réalités trop amères que nous
avons le temps de connaître.

— Vous avez raison, *my dear;* mais voyez-
vous, depuis le jour où cette vilaine femme a
voulu se jeter entre nous, j'ai malgré moi des
pressentiments noirs, des songes affreux! Je ne
la connais pas, et je la vois constamment, telle
que vous me l'avez dépeinte, avec ses grands
yeux séducteurs, sa bouche finement railleuse,
et sa physionomie tout à la fois rieuse et méchante. Il me semble que je la vois me menaçant
de sa colère, et lorsque cette idée s'empare de
moi, je suis prête à m'évanouir!

— Enfant! dit tendrement Paul, vous m'aviez
promis de l'oublier?

— Oh! oui, je le voudrais bien; mais je ne
puis y parvenir. Si je vous parle de ces misères,
pardonnez-le-moi : vous savez trop bien lire
dans mon cœur pour que je sache garder un
secret vis-à-vis de vous.

— Et je vous sais bien gré de cette confiance,
ma chérie; ne suis-je pas votre seul et unique ami?

— Ah! pourquoi ne puis-je, aux yeux de tous,
l'appuyer sur vous, et marcher dans la vie,
soutenue, aidée par cette tendresse respectueuse
et fidèle qui serait ma joie et mon orgueil!

— Ne l'est-elle donc pas quand même, ma
Fanny bien-aimée? Et n'y a-t-il rien de meilleur dans votre existence, depuis que nous
avons le bonheur de nous connaître?

— Oh! si, mon ami, il y a de grandes choses
qui manquaient absolument à mon pauvre cœur
douloureusement comprimé, et je ne savais pas
s'il pût y avoir, en ce monde, un homme aussi
bon, aussi noble, aussi généreux que vous!

— Ne me dites pas cela, Fanny, car c'est
vous qui êtes mon inspiratrice et mon guide;
avant de vous avoir rencontrée, je vous avais
devinée, et je n'ai jamais souhaité de bonheur
plus complet que celui de vous avoir aujour-
d'hui, et toujours, à moi, bien à moi, loin de
tout obstacle et de tout danger, dans une solitude profonde où rien ne viendrait inquiéter et
troubler notre amour!

Et en disant cela, il avait pris Fanny dans ses bras, et la serrait sur son cœur, comme s'il eût voulu l'emporter à travers l'espace, dans ces mondes inconnus où nous nous plaisons à placer l'achèvement de nos rêves, si souvent brisés et déçus sur cette pauvre terre que la souffrance semble avoir choisie pour son lieu d'élection !

Mais Fanny, se dégageant de l'étreinte, le regarda avec ses grands yeux limpides.

— Vous savez bien, mon ami, que je ne puis être à vous !

Et ils pleurèrent !... Ils portaient, tout à la fois, le poids de leur malheur et celui de leur amour !... sous le regard de Dieu et sous celui des étoiles, ils se sentaient libres, affranchis de tout lien ; mais la pensée du devoir était en eux, et les retenait au bord de l'abîme !

Ils s'étaient assis sur le sable humide que venaient caresser les vagues brillantes ; leur silence était plus éloquent que toutes les paroles, et leurs regards, confondus, mêlés ensemble,

isaient assez le déchirement de leurs deux âmes
perdues !...

Ils restèrent ainsi une demi-heure, une heure,
eut-être ? qu'importe le temps, lorsqu'on souffre
u qu'on est heureux ?

M. Poniaschine trouvait au contraire qu'il
assait trop lentement au gré de son impatience;
epuis le départ de sa femme, il n'avait pas quitté
on poste d'observation, et il guettait le retour
e l'infortunée, bien décidé à venger son hon-
eur, et à ne pas laisser passer un jour de plus
ir sa colère.

Il était minuit, lorsque Paul et Fanny songè-
ent à revenir. Ils allaient doucement, la main
ans la main, ainsi que deux jeunes amoureux
e vingt ans; on eût dit, qu'avertis par un mys-
érieux pressentiment, ils redoutaient de voir
nir cette entrevue délicieuse, comme s'ils
ussent deviné qu'elle serait la dernière !

Déjà, ils avaient franchi les limites de la ville
l'hiver, ils descendaient la colline qui, de la
orêt conduit à la plage, lorsque le cri d'un

8.

oiseau nocturne fit faire à Fanny un mouvement de frayeur. Instinctivement, elle se serra contre le bras de son ami.

— Oh ! j'ai peur ! dit-elle.

— Quoi ! vous tremblez ! Et pour quel motif ?

— Je ne sais, reprit-elle, un peu confuse : mais je n'ai pas habité si longtemps la Russie, sans avoir subi l'influence de ses préjugés, et je suis devenue presque aussi superstitieuse que les gens du pays.

— Ceci n'est pas digne de vous, Fanny !

— Peut-être ? répondit-elle, avec un pâle sourire, que voulez-vous ? Le malheur rend facilement accessible à ces croyances ; on ne s'en rend pas compte ; c'est un enfantillage, je le sais, et pourtant, je n'ai pas la force de réagir contre ces impressions !

— Mais que craignez-vous donc, mon amie ?

— Oh ! je ne pourrais vous le dire ; c'est un ensemble de choses fatales qui menacent ceux qui, pendant la nuit, entendent ce cri sinistre.

— Quelle folie ! vingt, trente, quarante per-
nes peuvent avoir entendu ce cri, comme
ıs; vous imaginez-vous qu'elles soient aussi
ttées par un mauvais génie ?

— Oh ! je sais bien que ce que je dis n'est
logique, et ma raison n'y croit point. Mais
ne suis pas maîtresse de ces sensations dou-
reuses qui, parfois, s'emparent de tout mon
e, sans que je puisse ni les dominer, ni les
ruire. Cela tient peut-être à mon état mala-
, n'en parlons plus !... J'aperçois déjà l'hôtel,
uta-t-elle, en s'efforçant de donner à sa voix
accent de gaieté qui était bien loin de son
ur. Adieu, mon ami, à bientôt, à demain !...
après une dernière étreinte, ils se séparè-
ıt !

Celui qui attendait sa proie dans l'ombre
ıhaitait ardemment cette heure ; déjà il se re-
ıtait d'avoir laissé échapper l'occasion de sa
ıgeance, craignant d'avoir été deviné, et em-
:hé, par une fuite rapide, de mettre son horri-
: projet à exécution.

Le bruit léger des pas de Fanny, montant l'escalier qui conduisait à sa chambre, fit tressaillir M. Poniaschine.

— La voilà ! se dit-il, et aussitôt, s'armant du poignard qu'il avait caché sous ses vêtements, il s'apprêta à frapper la malheureuse qui, sans défiance, mettait la main sur la clef de sa porte, pour rentrer chez elle.

Mme Poniaschine n'eut le temps ni de pousser un cri, ni de faire la moindre résistance, elle fut tuée sur le coup ! On la retrouva le lendemain matin, sur le seuil de son appartement, le poignard enfoncé dans la gorge, et couchée dans une mare de sang.

Ce fut Victoire qui, la première donna l'alarme; la pauvre fille, levée de grand matin, pour faire son service, s'arrêta tout à coup, épouvantée devant l'horrible spectacle qui s'offrit à ses yeux.

Saisie de frayeur, elle courut en appelant au secours ; chacun fut bientôt sur pied, et l'on chercha l'assassin. On crut d'abord que le vol

rait été le mobile du crime, mais une inspec-
on rapide de la chambre prouva que cette sup-
osition était erronée.

Rien n'avait été dérangé ; l'argent, les bijoux,
us les objets qui auraient pu tenter un malfai-
ur étaient encore à leur place habituelle.

Tandis qu'on se perdait en conjectures sur
t affreux événement, Victoire eut l'idée d'en-
er dans l'appartement du voyageur mystérieux
ui était arrivé l'avant-veille, et que personne
'avait encore vu à l'hôtel. Elle trouva la
iambre vide, et le lit intact ; seulement il y avait
ir la table du milieu une grande lettre à l'adresse
i procureur impérial ; elle s'en empara, et re-
nt au milieu de la foule qui grossissait de
iinute en minute.

— Je crois bien, dit-elle, que le meurtrier a
isparu.

En ce moment, le docteur, suivi du juge de
aix et d'un officier de police, arrivait pour faire
s constatations légales. Le chef du parquet,
révenu par une dépêche télégraphique, ne tarda

pas à arriver; la lettre lui fut remise, elle ne contenait que ces quelques lignes :

« Lorsqu'on découvrira le cadavre de la com-
« tesse Poniaschine, ma femme, il sera complé-
« tement inutile de rechercher l'auteur de sa
« mort, elle était coupable, et je l'ai tuée !

« A moi seul appartenait le droit de la punir
« et de me venger. Dans ma conscience, j'ai
« prononcé le jugement, et mon bras en a été
« l'exécuteur.

« Du reste, j'ai pris mes précautions, et
« lorsque vous recevrez cette lettre, il y aura déjà
« assez de distance entre vous et moi pour que
« vous ne puissiez m'atteindre !

« COMTE PONIASCHINE. »

Ces aveux cyniques, qui ne tardèrent pas à être connus de tous, jetèrent la stupeur dans la petite colonie d'Arcachon.

Mᵐᵉ Poniaschine était universellement ai-
ée, et cependant quelqu'un avait dû dénon-
· à son mari des scandales imaginaires pour
irer sur sa tête la vengeance de cet homme
ıvage et implacable qui arrivait nuitamment,
ıtait seul tout un jour, sans demander d'expli-
ions à personne, pas même à celle qu'il avait
ıdamnée sans l'entendre ?...

Quels étaient donc les ennemis inconnus qui
vaient poursuivie de leur haine ?... on ne savait
'imaginer !

Huit heures avaient sonné depuis longtemps,
ıte la population d'Arcachon connaissait le
ıloureux événement de la nuit; seul, M. Anget
ınorait encore, personne n'avait osé le lui
ɔrendre ! Il écrivait des lettres et n'était pas
É se promener sur la plage, comme il en avait
ıbitude, il se hâtait, lorsqu'il entendit frapper
a porte; il ouvrit, et se trouva en face de
¹⁰ d'Algorre !

La surprise, l'indignation le clouaient à sa
ıce, et ce fut avec un sourire d'écrasant mé-

pris qu'il se décida à lui demander le motif d
sa visite.

— Pardon, monsieur, lui répondit Mme d'A
gorre ; mais il me semble que nous sommes ma
placés ici, pour causer, et en disant cela, ell
avait fait quelques pas, et s'était introduite dan
l'appartement de M. Anget, avant que celui-
eût songé à lui en faire l'invitation.

D'un coup d'œil, la cruelle femme avait de
viné que M. Anget ne savait rien ; elle s'en ré
jouit, trouvant, dans cette circonstance fortuite
un raffinement de vengeance qu'elle n'avait pa
osé espérer !

— Vous ne m'attendiez guère, n'est-ce pas
monsieur, lui dit-elle, en s'asseyant dans u
fauteuil.

M. Anget restait debout, les bras croisés su
sa poitrine, se demandant la raison de cett
étrange conduite qui passait les bornes des ex
centricités permises, même à une femme de l
nature de Mme d'Algorre.

— Je vous dirai franchement, madame, qu

otre visite m'étonne plus qu'elle ne m'est agréable.

— Oh! je le sais bien, aussi n'est-ce pas dans e but de vous être agréable que je suis ici. Je viens vous apporter la solution d'un problème qui aurait pu vous inquiéter et que je tenais à éclaircir pour vous seul. Mais je vois que vous ne connaissez pas le premier mot de l'affaire, et que je suis obligée de vous la raconter en détail.

— Abrégez, madame, je vous prie; je n'ai que faire de vos confidences!

— Celles-ci vous intéresseront peut-être, car il s'agit de Mme Poniaschine. Vous l'aimez bien, n'est-ce pas?

Et en disant cela, elle donnait à sa voix des inflexions caressantes, modulées avec un art infini. M. Anget allait répondre, elle lui coupa la parole.

— Oui, oui, je sais ce que vous allez me dire: ces choses ne me regardent point et je n'ai pas le droit de m'en mêler... Vous vous trom-

9

pez, monsieur! car moi, je vous aimais! Et tout cet amour s'est changé en haine, lorsque j'ai découvert la vérité! Alors, ne pouvant ni me débarrasser de ma rivale, ni la supplanter dans votre cœur, j'ai fait une action lâche, infâme...

Mais qu'importe? je n'avais pas d'autre moyen de vous punir de votre indifférence! J'ai écrit à M. le comte Poniaschine une lettre telle qu'il a dû venir à Arcachon, et cette nuit même, il a fait justice de vos assiduités auprès de sa femme, en lui plongeant un poignard dans le cœur...

Voilà ce que je venais vous dire!

Et en prononçant ces mots, elle se leva pour sortir.

— Misérable! s'écria, enfin, M. Anget que la stupeur et le désespoir avaient comme paralysé! Vous avez fait cela, ajouta-t-il, en lui serrant les poignets avec une force herculéenne. Oh! vous êtes plus méprisable encore que je ne le pensais!... Mais non! ce n'est pas possible, ce que vous me dites là est un indigne mensonge,

un piége grossier que vous tendez à ma bonne
foi!...

D'un geste, Mme d'Algorre lui montra la foule
qui passait sous les fenêtres, et l'appareil impo-
sant de la justice qui ne témoignait que trop de
la véracité de son récit.

M. Anget, le cœur déchiré, et la tête en feu,
prit cette femme par les épaules, et il la poussa
dehors.

— Sortez! lui dit-il, ou je ne réponds plus de
moi!

Et il ferma sa porte à double tour. Épuisé
par l'effort qu'il venait de faire, il se laissa tomber sur une chaise, la tête dans ses mains, accablé par la douleur.

— Ainsi, se disait-il, elle est morte pour
moi, calomniée par cette indigne créature, dont
la présence ici a été une malédiction pour tous!
Et sa pensée se reportait invinciblement à cette
dernière et délicieuse promenade où la pauvre
Fanny, frappée d'un noir pressentiment, avait
senti courir, dans ses veines, le frisson de l'ef-

froi! Et lui, insouciant et moqueur, il avait ri
de ses prévisions fâcheuses, il l'avait plaisantée
sur ses croyances... Ah! pourquoi ne l'avait-il
pas accompagnée jusqu'à la porte de cet appartement où elle avait trouvé la mort?... Il l'aurait
défendue, peut-être vengée; et, dans tous les cas,
il aurait pu s'offrir le premier aux coups de son
adversaire? Mais non, reprenait-il ensuite,
comme découragé, je ne pouvais même pas faire
cela! Je n'en avais pas le droit, et ma présence
eût semblé, à tous, la preuve évidente des inven-
tions mensongères de Mme d'Algorre.

Cet homme si fort sanglotait ainsi qu'un enfant!

Cependant il ne pouvait rester sous le coup
des révélations de Mme d'Algorre, il fallait qu'il
connût tous les détails de cette scène terrible, et
qu'il eût le courage d'entendre les renseignements qui lui seraient donnés.

La première personne qu'il rencontra fut le
brave Pénissel; celui-ci le salua respectueusement, ne sachant s'il devait s'arrêter ou continuer son chemin.

Mais M. Anget aimait mieux entendre d'une bouche amie les nouvelles qu'il cherchait que d'avoir à subir les récits et les commentaires d'un indifférent; il aborda Pierre en lui tendant la main.

— Ah! monsieur, dit celui-ci, quel malheur! j'en suis encore tout bouleversé! Il n'y a qu'une voix pour faire l'éloge de la pauvre femme qui a succombé sous les coups de ce mari brutal, venu tout exprès de la Russie pour accomplir ce meurtre insensé!

— C'est donc bien vrai! murmura M. Anget, comme se parlant à lui-même. — Et sait-on pourquoi il s'est porté à cette extrémité funeste?

— Il a écrit une lettre de quelques lignes; on croit que c'est la jalousie. Il est vraiment étrange qu'après avoir abandonné sa femme pendant des mois entiers, il soit venu ici pour la surveiller, tandis que sa conduite n'a jamais donné lieu à la moindre critique!

Au milieu de sa douleur, Paul éprouvait une sorte de soulagement à entendre les louanges de son amie. L'opinion publique ne l'accusait pas, et sa vertu n'avait pu être souillée, ni par les calomnies de Mme d'Algorre, ni par le châtiment cruel que lui avait infligé son mari; c'était une consolation!

Trop ému pour en entendre davantage, il dit adieu à Pierre Pénissel, et continua sa lugubre promenade; il lui semblait que la terre entière était en deuil, et qu'un si terrible événement n'avait pu arriver, sans que toutes les puissances de la nature en fussent frappées d'horreur! Il ne voyait ni le soleil, qui illuminait, comme à l'ordinaire, les vagues brillantes de la mer, ni le ciel pur et bleu qui enveloppait le doux paysage d'Arcachon; il marchait dans la nuit, revêtant toutes choses de la teinte grise qui s'étendait sur son âme!

Il passa à côté de Mlle de Lantac, sans la voir; il est vrai que celle-ci cherchait à l'éviter, car elle se sentait une lourde part de responsabilité dans la catastrophe qui venait d'arriver, et le remords commençait à l'envahir.

M. Anget rencontra encore deux ou trois autres personnes qui lui adressèrent la parole; puis il rentra chez lui, plus navré, plus abattu que jamais!

Victoire l'attendait avec une lettre.

— Voici, lui dit-elle, ce qu'on m'a donné pour vous.

Et elle ne put s'empêcher d'ajouter, en regardant M. Anget à travers ses larmes :

— Ah! monsieur, quel malheur !

Puis elle s'enfuit, comme si elle eût craint d'être indiscrète.

M. Anget, en ouvrant cette lettre, eut un mouvement d'horreur et de dégoût.

— Encore cette femme! dit-il, oh! mon Dieu, elle ne me laissera donc pas la liberté de pleurer en paix !

Ce billet était la flèche du Parthe, l'aiguillon avec lequel elle voulait envenimer la blessure, déjà faite au cœur de cet homme de bien.

Voici les quelques lignes qu'il contenait :

« Monsieur,

« L'émotion que vous avez éprouvée, ce matin, en apprenant la mort de votre amie, ne m'a pas permis de vous dire tout ce que je voulais vous faire entendre ; je vais donc vous l'écrire ; c'est la dernière fois que vous aurez à vous occuper de moi.

« Je vous ai aimé d'une passion folle, et, quoi que je fasse, je vous aime encore! Mais je sais bien que, jamais, vous n'aurez pour moi ni un sentiment de tendresse, ni une pensée d'estime, et c'est parce que je me suis parfaitement rendu compte de votre invincible indifférence à mon égard, que j'ai voulu creuser un abîme entre nous. En dénonçant votre chère Fanny, je n'ai scruté ni sa conduite, ni son honneur, je ne l'ai point fait dans le fallacieux espoir de vous attirer à moi, après avoir supprimé l'obstacle qui nous séparait. Non ! si j'eusse pu me faire cette illusion, je me serais cachée à vos yeux, comme à tous les autres, je ne vous aurais rien dit, et, sous le prétexte de vous consoler, j'aurais pu, peut-être, mendier quelques-unes de vos faveurs? De celles-là, je n'en voulais point ; vous ne pouviez être à moi, vous ne deviez pas être à celle que mon cœur avait appris à haïr ! N'ayant pas eu l'art de vous dompter, j'ai eu, du moins, celui de me venger royalement !

« Adieu !... Si quelque jour vous entendez encore parler de moi, soyez certain que mon nom n'arrivera jamais à vos oreilles que pour appeler sur vous la malédiction et le désespoir !

« COMTESSE D'ALGORRE. »

Il jeta cette lettre loin de lui, avec une sombre colère, puis il la reprit pour la déchirer en mille morceaux, comme s'il eût voulu anéantir, en même temps que ce chiffon de papier, le souvenir de la personne infâme qui avait tracé ces lignes maudites ! Mais, au moment de faire disparaître la preuve de son crime, il réfléchit, et, malgré sa répugnance, il garda cette pièce accusatrice.

Le soir même, on apprit que la comtesse d'Algorre était partie d'Arcachon, pour n'y plus revenir.

Elle n'avait vu personne, avant son départ, et vraiment elle avait bien fait ! L'empressement qu'on lui avait témoigné, au moment de son arrivée, s'était changé en une sorte de lassitude ; il n'y eut que les deux jeunes Basques et M. de Langeron qui exprimèrent quelques regrets de cette prompte disparition.

Mais la société d'Arcachon avait, en ce moment, autre chose à faire qu'à s'inquiéter des faits et gestes de la belle créole. Le drame sanglant, qui avait attristé la petite ville, faisait encore le sujet de toutes les conversations, et comme la saison était déjà avancée, beaucoup de personnes songèrent à quitter le pays aussitôt après la triste cérémonie des funérailles de Mᵐᵉ Poniaschime.

Les traces de son meurtrier n'avaient pu
tre retrouvées, ainsi qu'il l'avait annoncé; sa
qualité d'étranger l'avait aidé à échapper
ux recherches de la justice, et d'ailleurs,
'eût-on retrouvé, qu'il eût été absous après le
procès.

La jalousie est un prétexte commode, sous lequel les maris peuvent s'abriter, sans crainte,
pour se débarrasser de leurs femmes, et donner
un libre essor à leurs passions cruelles. Et non-
seulement la loi les protége; mais encore l'indulgence du public aggrave ce que cette tolé-
ance peut avoir de révoltant.

Quant à M. Anget, des douleurs, comme la
ienne, ne se racontent pas; elles sont trop
profondes et trop intimes pour qu'on puisse les
analyser. Il souffrait et ne voulait pas être con-
olé !

Lui aussi avait quitté Arcachon; mais non
ans espoir d'y revenir ; tous ses souvenirs les
plus chers n'étaient-ils pas là ? Et quelle que fût
'amertume de son chagrin, il ne voulait pas dire

un éternel adieu à cette plage aimée, à ce
grands bois qui les avaient vus ensemble, e
dont les échos semblaient lui répéter encore les
dernières et touchantes paroles de l'infortunée
Fanny !

Pour lui, l'avenir n'est plus, le passé seu
existe!... Il cherche à oublier Mme d'Algorre, cette
malfaisante Mélusine qui promène sous d'autres
cieux sa méchanceté féroce et ses grâces félines,
s'étonnant, toutefois, que des créatures aussi
dégradées puissent exercer autour d'elles une
si grande influence.

Ces femmes, quelquefois richement douées, et
qu'une éducation sérieuse eût aidées à combattre
leurs mauvais instincts, sont semblables à ces
herbes vénéneuses qui étendent, au loin, leurs
racines, et empoisonnent toutes les plantes qui
se trouvent à portée de leurs émanations délétères.

Elles mettent, à poursuivre un but vulgaire,
toutes les ressources d'esprit et d'intelligence
qu'elles pourraient si noblement employer à la

:cherche des grandes choses, qui, seules, valent
peine qu'on tienne à la vie, parce qu'elles nous
onnent le moyen de la rendre utile à nous-
êmes et aux autres !

LA FÉE MÉLUSINE

I

Deux ans après les événements que nous ve-
ns de raconter, nous retrouvons Mme d'Algorre
Venise, toujours rayonnante d'éclat et de
auté ; mais moins heureuse du côté de la for-
ie.

Son mari s'est lassé de fournir de l'argent à
s caprices, et après avoir mené un train de
chesse, elle est obligée, depuis quelque temps,
restreindre beaucoup ses dépenses, et de di-
inuer ses frais de représentation. Cet amoin-
issement avait coûté à son orgueil ; mais elle

ne désespérait pas de faire payer par d'autres
les fantaisies que son trop complaisant époux
avait si longtemps tolérées.

Elle était venue en Italie, non pour admirer
les beautés de cet incomparable pays, mais pou
trouver, au milieu de la société brillante qu
l'hiver y attire chaque année, le moyen de con
tinuer sa vie d'expédients et d'intrigues.

En ce moment, il y avait à l'*Albergo Real*
où s'était logée Mme d'Algorre, un groupe d
personnages si hétéroclites et si étranges, qu'il
rappelaient assez bien les saltimbanques en
voyage dont parle Goëthe dans *Vilhem Meister*
Le chef de la troupe était un charlatan, vieill
dans l'art de tromper le public, et si naïvement
amoureux de sa profession, qu'il ne cachait n
ses penchants, ni ses habitudes, tant soit peu
carnavalesques.

M. Prestly, venu tout jeune à Paris, après
avoir passé ses premières années en Australie
avait longtemps cherché le moyen de s'enrichir
audacieux et persévérant, il ne négligeait aucune

casion de se mêler à toutes les entreprises
il pouvait espérer trouver quelque profit. .

Mais tous ces essais n'avaient réussi qu'à le
re végéter jusqu'au jour où ayant acheté, à vil
ix, d'un pauvre diable qui se ruinait, son fonds
ıerboriste, il eut la chance d'inventer un pro-
dé nouveau pour guérir certaines maladies
putées incurables.

Comme ce remède était composé de plantes
offensives, il n'offrait aucun danger; mais il
avait pas non plus une grande efficacité pour
ıulager les douleurs de tous les êtres souffrants
ıi accouraient en foule chez M. Prestly.

Cependant, la réputation de celui-ci gran-
.ssait chaque jour, car il arrive quelquefois que
:s maux tfès-réels se trouvent calmés par la
ınfiance que l'imagination accorde souvent à
:ux qui ne la méritent pas.

Grâce à cette illusion, le spécialiste fit des
erveilles, il gagna des sommes folles et put
: retirer des affaires avec une situation des
us brillantes. Aussi, il était fier de raconter

qu'il était le fils de ses œuvres, et il aimait à s
pavaner dans sa belle prestance. Il parlait hau
et ferme, comme pour en imposer aux autres
mais il ne réussissait qu'à faire rire à ses dépens
D'une taille élevée, il avait les épaules larges
la tête carrée et le teint couleur de briques ; so
nez de perroquet lui donnait tout à fait l'air d
son emploi, et ses grosses mains, qui indiquaien
la force, semblaient avoir l'habitude de saisir tou
ce qu'elles rencontraient.

Il était accompagné de deux jeunes femme:
dont l'une se disait américaine, et l'autre anglaise,
d'un comparse italien qui n'avait l'air d'être là
que pour lui donner la réplique, et faire valoir
ses bons mots, en même temps que ses généro-
sités, et enfin d'un Allemand, amoureux de
bien-être, qui, vraisemblablement, ne s'était
attaché à la fortune de M. Prestly que pour profiter de ses largesses.

Cet Allemand, qui s'appelait M. Hanz, avait
un caractère bizarre qui le faisait passer pour un
original. Sa taille longue et flexible était toujours

fermée dans une sorte de tunique, serrée au-
ssus des hanches, et boutonnée du haut en bas,
mme une soutane; ses cheveux grisonnants
aient soigneusement relevés sur les tempes,
ec un art qui ne manquait pas de prétentions;
s yeux fuyants, très-profonds, cachés sous
énormes lunettes bleues, n'avaient point de
gard; son nez proéminent, toujours rouge à
pointe, semblait entraîner le poids de sa petite
te mince et fluette. Quel âge avait-il ?... per-
nne n'aurait pu le dire. Sa voix était douce et
sinuante, surtout lorsqu'il parlait aux femmes;
ais il savait lui donner un accent mâle et fier,
rsqu'il chantait, le soir, quelques-uns de ces
orceaux d'opéras qu'il disait avec une grande
pression. On voyait que cet homme avait cul-
yé, soigneusement, tous les talents qui donnent
cès dans la bonne société. Parasite de son état,
lui fallait plaire, pour être admis à la table et
ans le salon des gens riches qui aiment à trou-
er des utilités parmi les flatteurs qu'ils entre-
ennent. M. Hanz s'acquittait de son rôle à

merveille. Il n'était pas toujours très-difficile dans le choix de ses relations, il s'en rapportai volontiers au hasard; pourvu qu'on lui payâ de bons repas, d'amusantes promenades et d'a-gréables soirées, il se tenait pour satisfait. Sor assiduité auprès de M. Prestly n'avait pas d'autre motif, et tout en jouissant des prodigalités de sor amphitryon, il ne se gênait pas pour jeter le ridicule sur ses faits et gestes, comme s'il eû voulu, par ses sarcasmes, racheter aux yeux des autres l'obséquiosité de sa conduite.

Lorsque la troupe en voyage débarqua à l'*Albergo Reale*, chacun de ses membres pa-raissait animé d'une franche gaieté, qui ne tarda pas à devenir communicative, et les soirées, ur peu monotones, de l'hôtel se transformèrent tout à coup, grâce à l'élément joyeux et bruyant qui venait d'y être introduit.

Mme d'Algorre, dont les allures s'étaient un peu modifiées, depuis l'époque où elle avait quitté Arcachon, se trouva ravie de pouvoir déployer ses grâces dans un milieu où elle es-

rait bien prendre encore la première place.
Ses toilettes sombres et d'un genre simple
laient bien à sa beauté qui prenait avec l'âge
s lignes plus sévères, quoiqu'elle eût toujours
don d'exciter l'admiration et l'enthousiasme
la foule. L'arrivée de M. Prestly fut, pour
e, une bonne fortune qu'elle se promit bien
exploiter. Il n'était pas difficile de se faire
mettre dans l'intimité de l'excentrique voya-
ur ; dès le premier soir où l'on dansa, elle
cepta de valser avec lui, en dépit de sa tour-
ire grotesque et de ses airs prétentieux; mais
ie lui importait à cette heure? Ce qu'elle voulait
nquérir, ce n'était plus les hommages dont sa
nité pût s'enorgueillir, il lui fallait, avant tout,
s avantages solides, et la bourse de ses ado-
teurs la séduisait bien autrement que leurs
roles d'amour !

Elle avait conservé les manières caressantes
gracieuses qui avaient fait tourner tant de
es, et la souplesse de la fée serpent dont on
i avait si justement attribué le nom ; c'étaient

les armes dont elle allait se servir pour s'empa
rer de la confiance de M. Prestly. Mais avant c
commencer le siége de la place, il lui falla
s'assurer de la situation réelle des deux jeun
femmes qui avaient accompagné le riche per
sonnage; elle étudia les rapports qu'ils avaie
entre eux, et elle comprit, bien vite, que M. Prestl
n'était autre chose que le chaperon des deu
aventurières, et qu'il lui serait possible de ga
gner les faveurs de cet important nabab, sar
avoir à soutenir une lutte fâcheuse.

L'aînée des deux jeunes femmes était une gross
blonde, à la mine réjouie, qui paraissait trouve
M. Hanz fort à son gré, et lui faisait la cou
sans se gêner. L'autre, plus réservée, avait u
teint pâle, des cheveux noirs et un air langui
sant qu'elle essayait d'exploiter, en posant pou
la femme incomprise; mais elle n'y réussissa
guère, ayant parfois des boutades nerveuses qi
détruisaient tout l'effet de ses savantes combi
naisons.

Mme d'Algorre se trouvait donc à son ais

ıns ce milieu vulgaire, et si elle avait eu des
pirations plus hautes, elle devait les oublier
jourd'hui, pour se contenter des chances que
fortune lui offrait.

Mais la conquête qu'elle avait crue si facile ne
vait pas lui être acquise, sans combat; chose
:ange, l'obstacle lui vint d'un côté où elle ne
ttendait guère, ce fut sa propre beauté qui
llit être le piége où venaient, sans cesse,
:mbarrasser les amorces qu'elle croyait si bien
ıdues. M. Hanz, cet amateur passionné de la
auté féminine, n'avait pu voir, sans indiffé-
ıce, la superbe créole; oublieux de son inté-
:, qui aurait dû le retenir auprès de la jeune
néricaine, il la délaissait volontiers, pour se
re le chevalier de Mme d'Algorre. En d'autres
nps, celle-ci eût été fière de l'admiration
'elle' excitait; mais en ce moment, elle mépri-
t toutes les satisfactions idéales, et ne voulait
laisser aimer que de ceux qui pouvaient ré-
ndre à ses pieds l'or avec profusion.

II

- Dès le lendemain de son arrivée à Venise
M. Prestly avait commencé ses excursions dans
la ville et les environs. A huit heures du matin
la plus belle gondole de la cité des lagunes, conduite par d'excellents rameurs, se trouvait sous
les fenêtres de l'hôtel pour être mise à la dispo-
sition du fastueux voyageur. Celui-ci descendait
alors, suivi de tous les siens, et donnait aux
gondoliers l'ordre de chanter, en même temps
qu'il leur faisait signe de partir. Ce n'était pourtant pour le plaisir d'entendre ces belles voix
italiennes, si pures et si sonores, qu'il leur demandait ces sérénades, c'était surtout pour att

rer aux fenêtres une foule de curieux dont l'empressement semblait lui faire cortége. Mlle Merty, la jeune Américaine, mêlait ses éclats de voix à ceux des gondoliers, et ne leur permettait jamais de s'éloigner, sans que M. Hanz fût arrivé au rendez-vous. Aussitôt qu'elle l'apercevait sur les marches de l'escalier, elle s'écriait joyeusement :

— Mais venez donc, mon oncle, venez vite, je vous ai gardé une place auprès de moi !

Et l'*oncle*, fidèlement obéissant, s'asseyait aux côtés de la jeune fille ; alors, la gondole, pavoisée de couleurs éclatantes, s'élançait doucement, glissant sur l'onde, ainsi qu'un alcyon, et laissant, derrière elle, le brillant sillage de sa poupe qui dessinait de longs méandres sur les eaux sombres du grand canal.

Pendant les premiers jours, il n'y eut pas de nuages dans la félicité de Mlle Merty ; l'*oncle* docile ne manquait jamais de parole à sa nièce folâtre, et celle-ci, enchantée, le remerciait par son regard et son sourire, heureuse du présent,

insouciante de l'avenir. Mais cette douce quié-
tude ne devait pas durer.

Un soir, après un repas somptueux dont
M. Prestly avait fait tous les frais, car il invitait,
non-seulement ses amis, mais encore tous ses
voisins de table, la mélancolique Anglaise, miss
Bothwell, qui paraissait toujours chercher le
pays du bleu, dans les extases vaporeuses où
elle se complaisait, avait par hasard, ce jour-là,
une loquacité étrange ; et comme tous les gens
habituellement silencieux, elle ne gardait plus
aucune mesure, lorsqu'elle se mettait à parler.

— Moi, disait-elle, assez haut pour être entendue de tous, je déteste les Anglais, mes compatriotes, ils sont moroses, ont le spleen et les
cheveux jaunes ; je les ai en horreur ! Mais ce
que je hais, plus encore que les Anglais, ce sont
les Allemands ; oh ! pour ceux-là, je ne leur
pardonne ni leur orgueil, ni leur brutalité maus-
sade, et encore moins leur gourmandise, ajouta-t-elle, en manière de conclusion !

Cette dernière phrase était-elle à l'adresse de

M. Hanz, ou voulait-elle, simplement, exprimer
une opinion qui la fît remarquer ? C'est ce qu'on
ne put savoir, car, au moment où elle achevait
son observation malencontreuse, M. Hanz, qui
savourait précisément un biscuit trempé dans du
vin de Malaga, devint très-rouge, et se levant
immédiatement de table, sans achever de vider
son verre, il sortit de la salle, et on ne le revit
plus de la soirée. Cela jeta un froid sur la gaieté
générale. M. Prestly, qui n'aimait pas qu'on
fût triste autour de lui, fit de vains efforts pour
rompre la glace ; on se sépara de bonne heure,
fort mécontent les uns des autres.

Mme d'Algorre avait assisté à cette scène,
sans y prendre part ; elle fut aimable, comme à
l'ordinaire ; cependant elle n'eut pas le pouvoir
de faire oublier l'incident fâcheux qui avait
attristé les habitués de la table d'hôte.

Le lendemain, à l'heure convenue, la gondole
était au pied du grand escalier ; mais les touristes se faisaient attendre. Mlle Merty avait
persuadé à M. Prestly qu'il fallait absolument

aller trouver M. Hanz, et lui faire une invitation spéciale pour ce joùr-là, puisque la veille, il s'était retiré fâché. Cette démarche fut inutile, toutes les instances qu'on avait pu lui faire étaient restées sans succès, il avait déclaré qu'il était malade, et qu'il ne sortirait pas de la journée.

Alors, Mlle Merty, humiliée de cette résistance qui la blessait, s'enferma dans son appartement.

M. Prestly fort en peine, et n'ayant avec lui que l'Italien Massala, et Mlle Bothwell, cause de cet incident, se mit de très-méchante humeur, et les reproches, qu'il n'avait pas jugé à propos de lui adresser la veille, ne lui furent pas épargnés ce matin-là.

Mme d'Algorre voyait, de sa fenêtre, tout ce petit manége ; elle eût bien voulu intervenir pour calmer le bonhomme ; mais elle ne trouvait pas digne d'elle de se mêler à cette querelle de ménage, dont elle jouissait, néanmoins, pensant bien que son influence grandirait à travers ces tiraillements intimes.

Elle en était là de ses réflexions, lorsqu'elle reçut un message de M. Prestly, qui l'invitait galamment à venir à la promenade avec lui.

Mme d'Algorre accepta ; elle descendit en costume de voyage, et sa présence parut consoler M. Prestly, quoiqu'il ne cessât de maugréer contre les mauvais caractères, les gens aigris et susceptibles qui se faisaient un jeu de gâter le plaisir des autres.

—A qui en avez-vous donc aujourd'hui ? dit enfin Mme d'Algorre, qui jusque-là avait feint de ne pas s'apercevoir du trouble des trois personnes avec lesquelles elle se trouvait.

— Ah! madame, excusez-moi, je vous prie, votre bonté aurait dû me faire oublier tous mes griefs contre mes amis; mais je suis si froissé des sottes aventures d'hier qu'il m'est difficile de ne pas en témoigner mon mécontentement, d'autant plus que tous ces bavardages ont fait de la peine à un brave garçon que j'aime beaucoup.

—Oh ! vous me l'avez assez reproché ! s'écria

miss Bothwell. N'est-ce pas, madame, que ce n'est pas généreux de toujours s'en prendre à moi des défauts de caractère de M. Hanz ? Et certes, sa conduite, en cette circonstance, n'est pas faite pour me faire changer d'opinion sur le compte des Allemands.

— Cela est vrai, mademoiselle ; mais puisque vous me demandez mon avis, permettez-moi de vous dire que, lorsqu'on est en voyage avec des gens de nationalités différentes, il est toujours imprudent d'exprimer aussi ouvertement sa façon de penser.

Miss Bothwell se mordit les lèvres et ne répondit pas.

Mme d'Algorre sentit qu'elle venait de se faire une ennemie ; mais le regard reconnaissant que lui adressa M. Prestly la dédommagea amplement de ce petit mécompte, et elle ressentit une joie profonde à la pensée que cette circonstance pouvait l'aider à atteindre son but. Aussi, sans plus s'inquiéter de la mièvre Anglaise, qui se lança dans une conversation très-suivie avec

. Massala, elle déploya tous ses talents et tou-
; ses séductions pour fixer l'attention de
. Prestly. Elle réussit au delà de ses espé-
nces, et le soir, elle ne manqua pas d'achever
salon une journée si bien commencée. Mais
une autre surprise l'attendait. M. Hanz, qui
ait vivement regretté la promenade en gon-
le, lorsqu'il apprit que Mme d'Algorre avait
de la partie, ne voulut pas se priver plus
1gtemps du plaisir de contempler cette beauté
lendide qui avait fait sur lui une si vive im-
ession. Il savait qu'elle était musicienne, il
sista pour qu'elle se fît entendre. Mme d'Al-
rre ne demandait pas mieux, et si elle s'était
t prier un instant, c'était pour donner plus de
leur à sa condescendance.

Lorsqu'elle eut achevé le morceau à grand
et qu'elle avait joué avec beaucoup d'entrain,
. Hanz, qui n'était pas fâché de faire briller
1 talent de chanteur, lui demanda de l'accom-
gner, et il se mit à moduler, avec un accent
'il essaya de rendre aussi passionné qu'il était

énergique, ce cantique d'Adam, si connu sous le nom de Noël. Il eut un succès fou, et Mme d'Algorre fut la première à le féliciter ; il lui offrit son bras, et la conduisit sur une causeuse où il s'assit à côté d'elle.

Il paraissait avoir complétement oublié la pauvre Merty qui, seule, abandonnée, ne pouvait se consoler de l'indifférence de son oncle. Elle ressentit, ce soir-là, toutes les tortures de la jalousie, et ne voulant pas être témoin du triomphe d'une rivale, elle sortit navrée et furieuse, refusant les consolations de sa compagne, miss Bothwell, qu'elle accusait tout haut de son malheur.

M. Hanz feignait de ne pas s'apercevoir de ce qui se passait, il était fatigué des obsessions de ces dames, et tout à sa nouvelle passion, il eut la cruauté de jeter le ridicule sur la pauvre créature qui avait le malheur de songer à lui.

— Enfin, lui dit Mme d'Algorre, vous êtes donc décidément brouillé avec vos amis ?

— Ah ! mes amis ! c'est autre chose ; des

ns que je connais depuis si peu de temps sont
es compagnons de voyage, et non mes amis !

— Oh ! c'est étrange ! Je croyais même que
s personnes étaient de votre famille ?

— De ma famille ! Et pourquoi ?

— Mais n'y a-t-il pas une de ces demoiselles
i vous appelle son oncle ?

— Ah ! oui, la grosse blonde ; elle est bien
ôle, n'est-ce pas ? Elle m'appelle son oncle !
n oncle, son oncle, pour l'avoir rencontrée
ns un omnibus trop plein !

Et il se mit à rire de ce petit rire sec et ner-
ux qui achève, en les accentuant, les phrases
l'on ne veut pas prononcer.

La conversation continua sur ce ton, jusqu'à
fin de la soirée ; Mme d'Algorre était bien un peu
quiète de ne pouvoir donner tout son temps à
, Prestly dont elle voulait capter les faveurs ;
ais elle avait tort de se tourmenter, le superbe
bab n'était pas jaloux, et il sut gré, au con-
aire, à Mme d'Algorre d'avoir tant causé avec
: Hanz, car il s'imagina qu'elle avait cherché

à plaider, auprès de lui, la nécessité d'une franche réconciliation.

Le lendemain, il se hâta de lui en témoigner sa reconnaissance, et Mme d'Algorre n'eut garde de le détromper.

Cette situation dura ainsi pendant quelques semaines ; mais un soir, on apprit, à la stupéfaction de tous, que Mme d'Algorre était partie avec M. Prestly. Celui-ci, fasciné par les savantes manœuvres de cette femme, avait abandonné ses pupilles et ses amis, renoncé à son voyage, pour rentrer avec Mme d'Algorre à Paris où la séduisante créole voulait, encore une fois, essayer le pouvoir de ses charmes.

M. Hanz délaissé eut de terribles accès de fureur, il commença par maudire les femmes coquettes qui se jouent sans pitié des malheureux séduits par leurs charmes ; puis, comme il craignait par-dessus tout le ridicule qui s'attache à ceux qui ont la naïveté de se laisser condamner au rôle de dupes, il quitta Venise en affectant une indifférence qu'il était loin d'é-

ɔuver. Mais il ne tarda pas à se consoler en
ɪrant d'autres aventures, et en continuant à
ɛner la vie de grand seigneur aux dépens des
tres.

Il s'était bien gardé de renouer des relations
ɛc Mlles Merty et Bothwell, qui continuèrent
ɪles le voyage qu'elles avaient entrepris, dans
spoir de trouver des maris parmi les touristes
ɛ la mode et le besoin de changement amè-
nt, chaque année, dans la Péninsule.

M. Massala, qui habitait ordinairement Milan,
tait déjà séparé de ses amis, avant le départ de
Prestly. Celui-ci, très-embarrassé de la so-
té des deux jeunes filles qui gênaient ses nou-
aux projets, aurait souhaité que l'une d'elles
ɔusât M. Massala ; mais quoique le jeune Ita-
n eût quelques obligations envers M. Prestly,
ɪ'avait pas jugé à propos de céder à ses exi-
nces, et il s'était excusé, en prétextant des
rangements antérieurs qu'il ne lui était pas
ssible de rompre.

Toute cette société, si insouciante et si rieuse

à son arrivée à Venise, se trouvait ainsi dis-
persée, sans qu'aucun de ses membres pût avoir
le désir de retrouver, un jour, ses compagnons
de voyage, tant il y avait eu, entre eux, de frois-
sements intimes, de susceptibilités fâcheuses, et
de luttes sourdes ou ouvertes, qui étaient
comme toujours, l'œuvre de la femme funeste
dont le passage laissait partout, après elle, des
germes de haine et de discorde !

III

Mᵐᵉ d'Algorre, grâce au succès de sa nouvelle
intrigue, était maintenant assez riche pour
voir un grand train de maison ; elle organisa
on service avec un luxe inouï ; elle eut des voi-
ures, des livrées, des réceptions le soir, qui
irent courir à Paris le monde des étrangers,
eu difficile sur la valeur des relations, et qui
ie demande qu'une chose : être amusé.

M. Prestly, flatté dans tous ses goûts, par
'habileté consommée de cette femme, se lais-
ait aller à cette vie facile, à ce bruit, à ces
êtes, et tout fier de pouvoir satisfaire les fantaisies de sa compagne, il ne demandait jamais ce

que devenait l'argent qu'il fournissait san
compter à tous ses caprices. Mme d'Algorre e
agissait, d'ailleurs, sans façon avec lui, et le trai
tait volontiers comme son esclave et son vassal

Elle était dans tout l'éclat de sa fortune et d
ses succès, lorsqu'elle apprit la mort de soi
mari, qui avait succombé au Mexique à un
attaque de fièvre jaune. Elle cacha, soigneuse
ment, cette nouvelle à M. Prestly, car celui-c
n'eût pas manqué de lui offrir sa main dont ell
ne voulait à aucun prix. Il lui plaisait bien d'u-
ser des immenses richesses de cet orgueilleu>
parvenu ; mais elle n'entendait pas lier sa destinée à la sienne, et quoiqu'elle ne fût plus de la
première jeunesse, elle se trouvait encore assez
belle, assez séduisante pour avoir d'autres aspirations.

Du reste, elle avait su ménager sa réputation,
et ne se trouvait nullement compromise par le
patronage de M. Prestly qu'elle présentait
comme son oncle, ayant trouvé fort original de
se servir du stratagème de Mlle Merty, pour se

nner, aux yeux de tous, une situation régulière.
Parmi les hommes qui fréquentaient son sa-
l, elle avait tout particulièrement remarqué
jeune ingénieur dont les grands talents et
ntelligence sérieuse devaient assurer l'avenir.
M. Prestly l'ennuyait depuis longtemps, et
e aurait bien voulu rompre la chaîne qui
retenait auprès de lui; mais cette chaîne
ait dorée, et, quoiqu'elle fût lourde, son in-
êt lui commandait de la supporter avec ré-
gnation.
Cependant, la magie de sa beauté toujours
lendide avait fait une vive impression sur le
ur ardent du jeune ingénieur.
M. Fabrice n'avait pas l'âme trempée,
mme celle de M. Anget, et quoique à beaucoup
égards il fût un homme distingué, il avait,
ns le caractère, je ne sais quoi d'enfantin, qui
mandait et appelait la protection. Mme d'Al-
rre lui apparut comme la femme forte et puis-
nte, qui pouvait le soutenir, par l'influence de
s conseils, et l'aider à atteindre les sommets

de la gloire dont il avait fait avec enthousiasme le but de sa vie !

La nature souple et serpentine de la belle créole savait se plier à tous les rôles. Après avoir joué celui de grande coquette, il lui semblait doux, à cette heure, de se faire une sorte d'auréole maternelle, et d'offrir son appui au jeune homme naïf et bon, qui paraissait le réclamer, avec une si tendre insistance.

M. René Fabrice avait vingt-sept ans, Mme d'Algorre en avait trente-deux ; mais elle était si belle, qu'elle avait toujours vingt ans pour les yeux ravis de ceux qui l'aimaient !

Ce jeune homme, qui avait eu une existence austère, passée tout entière dans le travail et l'étude, n'avait pas encore senti fermenter, dans son cœur, le feu brûlant de la passion ; aussi était-il mieux préparé qu'un autre à tomber sous le charme de cette fée enchanteresse.

Mais tandis que René et Mme d'Algorre se livraient à la joie égoïste de leur amour naissant, Louise de Mérigny, l'amie d'enfance du jeune

)mme, se mourait de consomption et de cha-
in dans le petit village de Vallauris, au milieu
une famille désolée, qui ne pouvait rien com-
·endre au mal mystérieux qui brisait, dans sa
·ur, cette jeune fille charmante, adorée de tous,
vraiment digne de l'être !

Quelques mois avant la rencontre fatale dont
)us venons de parler, Louise était heureuse et
·re de ses espérances d'avenir. Elle avait
)nnu, tout enfant, M. René Fabrice ; mais les
·udes sérieuses de celui-ci l'avaient tenu si long-
·mps éloigné de son pays, que les deux jeunes
·ens ne s'étaient vus qu'à de rares intervalles,
·squ'au moment où les efforts de René, ayant
·é couronnés de succès, il était venu passer un
)ng congé auprès de ses parents. L'admiration
·aïve que Louise avait toujours eue pour lui
·evait bientôt se changer en un sentiment plus
·ndre, que chacun, autour d'elle, semblait en-
·ourager. Ce qui charmait surtout chez ce jeune
·avant, c'était sa modestie parfaite, sa gaieté,
·a simplicité de cœur et de manières, dont on

lui savait d'autant plus de gré, que ses vastes connaissances auraient pu lui donner droit à toutes les prétentions.

M. et Mme de Mérigny n'avaient pas été les derniers à faire d'affectueuses avances à M. Fabrice, et Louise en avait conclu que ses parents ne s'opposeraient pas à la réalisation de son rêve d'amour.

Ce rêve d'amour, elle l'avait bercé sur les rives de la mer bleue, au bord de ces plages enchantées de la Méditerranée qui s'infléchissent en un immense golfe, dentelé lui-même de baies et de promontoires, depuis la chaîne de l'Estérel, jusqu'à la pointe du cap d'Antibes.

Que de fois le soir, à la clarté des étoiles, elle avait suivi, avec René, la route pittoresque qui conduit de Vallauris au golfe Juan, pour admirer ensemble les effets d'une tempête, ou contempler les lueurs vaporeuses et fugitives qui confondent le ciel et la terre, dans un nimbe argenté où l'œil se perd, errant à travers l'infini !

Ils n'avaient pourtant échangé aucune parole

d'amour, l'habitude de voir Louise, le rappro-
chement de son âge avec le sien, la faisaient
considérer par René comme une sœur ou un
camarade, plutôt que comme une fiancée. Ce
n'est pas que le jeune homme fût insensible à la
douce et profonde sympathie que lui témoignait
sa compagne; mais soit qu'il eût le désir de
conserver sa liberté quelque temps encore, soit
qu'il voulût attendre que sa position fût tout à
fait assurée, il ne se prononçait point ouvertement.

Deux mois s'écoulèrent au milieu de ces in-
certitudes; deux mois pleins de charmes pour
Louise qui en savourait toutes les délices, et qui,
par mille attentions délicates, entourait son ami
d'une atmosphère d'affectueuse tendresse, dont
il jouissait un peu en égoïste, sans songer
que cette part de bonheur qu'on lui offrait si
généreusement, il devait la rendre à son tour,
au lieu de recevoir, comme un hommage qui
lui était dû, les adorations passionnées de la
jeune fille.

Le petit village de Vallauris, si connu par les poteries artistiques qui s'y fabriquent, est situé tout en haut d'une vallée sauvage dont les pentes abruptes, couvertes de belles forêts de sapins, rappellent les paysages accidentés de la Suisse, et vous conduisent, par mille détours sinueux, jusqu'au bord de cette mer azurée qui s'arrondit amoureusement, dans une petite crique célèbre à cause du fait historique dont elle fut le théâtre.

C'est là, en effet, que Napoléon Ier débarqua le 1er mars 1815, après s'être échappé furtivement de l'île d'Elbe. Une colonne tronquée, avec une inscription, conserve la mémoire de cet événement qui fut si fatal à la France!

Cette plage charmante eût mérité de recevoir une autre illustration que celle-ci, et l'on voudrait pouvoir effacer tous les souvenirs honteux qui flottent à l'horizon de ce splendide pays.

Le groupe ravissant des îles Lérins, qu'on aperçoit du golfe Juan, n'a-t-il pas été désho-

noré par le séjour qu'y a fait, pendant quelques
mois, le plus grand criminel des temps modernes ?

Une ombre plane, désormais, sur la forteresse
qu'habita le traître Bazaine, digne serviteur de
celui qui perdit la France pour essayer de sauver
sa couronne !

Mais à l'époque où René et Louise parcouraient les allées de myrtes et d'orangers qui
embellissent les alentours du château fort, nul
souffle maudit n'avait empoisonné l'air de ce
nid de verdure, il s'y attachait au contraire un
souvenir touchant et poétique, dû à la légende
du Masque de fer.

La pitié pour cet innocent prisonnier, victime
du despotisme de Louis XIV, avait laissé sur
cette île, je ne sais quel charme doux et tendre
qui idéalisait l'histoire mystérieuse de ce héros
inconnu, dont les souffrances noblement sup-
portées, pendant de longues années d'exil et de
captivité, inspiraient un profond sentiment de
respect !

11.

Rien n'était plus joyeux que les parties de plaisir organisées par les habitants du littoral pour aller, après la pêche, faire un repas champêtre dans l'île Sainte-Marguerite.

Les familles de Mérigny et Fabrice y conduisirent souvent leurs enfants, pendant le séjour que René fit à Vallauris, et si les mères se plaisaient à voir les deux jeunes gens causer longuement en tête-à-tête, dans ces promenades arrangées à leur intention, ceux-ci ne trouvaient pas un moindre attrait à cette intimité, toujours croissante, qui s'établissait entre eux.

René, plus instruit que Louise, ouvrait à cette jeune âme les horizons de la science qu'elle cherchait à comprendre, pour plaire à celui qu'elle aimait.

La tâche du professeur était facile, et tous les jours, l'intelligente élève entrait de plus en plus en communion d'idées avec lui. L'astronomie, dont l'étude a tant de charmes sous ce beau ciel, toujours pur, fixait surtout l'attention de Louise qui aimait à promener ses regards de monde en monde, et à s'élancer dans l'infini pour deviner le mystère harmonieux qui enchaîne ces soleils et ces planètes, obéissant à la même impulsion et concourant, sans le savoir, dans cet éternel voyage, à l'achèvement d'une œuvre suprême et magnifique, dont nous sommes tous les humbles ouvriers !

Mais ces heures joyeuses avaient passé avec la rapidité de l'éclair, celle du départ de René était venue, et Louise resta tout attristée de cette séparation qui repoussait dans un lointain brumeux ses plus chères espérances. Quant aux obstacles, elle n'en prévoyait aucun, et vraiment il n'y en aurait pas eu, sans l'intervention de Mme d'Algorre qui, semblable au génie du mal, ne paraissait que pour empoisonner et détruire les sentiments les plus délicats et les plus purs !

IV

Lorsque René était parti pour Paris, on s'attendait, cependant, à la réalisation des projets de mariage ébauchés entre les deux familles; mais, chose étrange, il n'en était plus question dans les lettres du jeune homme. C'est à peine s'il écrivait quelques lignes à la hâte, comme pressé d'en finir avec une correspondance qui paraissait le fatiguer.

Mme Fabrice s'en inquiétait, et dans sa sollicitude maternelle, elle devinait qu'il arrivait à son fils quelque chose d'extraordinaire; mais plus elle lui demandait une part de cette confiance, qu'il lui avait toujours accordée, plus

ené cherchait à lui faire sentir qu'il n'était pas
isposé à laisser pénétrer son secret.

Cette situation dura quelques mois, pendant
squels Louise, voyant son rêve s'évanouir,
alanguissait de jour en jour, et sa mère, té-
oin de ce désespoir muet, n'osait sonder la
laie profonde de cette âme en détresse !

Si M. René Fabrice avait pensé un instant à
ssocier sa destinée à celle de Louise de Méri-
iy, cette résolution était maintenant bien loin
e son cœur !

Le charme de la magicienne avait opéré en lui
ie transformation complète ; il s'imaginait que
[me d'Algorre était devenue l'inspiratrice de son
énie, la source merveilleuse où il pourrait tou-
urs venir puiser l'amour de la science, l'en-
ousiasme et le talent !

Cette femme habile avait réussi à s'emparer
mplétement de son esprit ; ses décisions étaient
es lois pour René, et jamais la nature altière
impérieuse de Mme d'Algorre n'avait rencon-
é d'esclave plus soumis et plus obéissant. Ce

qui la flattait dans cette docilité du jeune homme c'était la certitude du pouvoir absolu qu'elle exerçait sur cet esprit intelligent et distingué. Avoir fait la conquête d'Achille Dérémos, ou de Luc Gaudry, celle de M. Hanz, de M. Prestly, et de tant d'autres, était une satisfaction banale à côté de celle que lui procurait l'attachement sérieux du jeune ingénieur.

Elle se sentait enfin vengée des dédains de M. Anget, et parfois, dans le paroxysme de son délire, elle se disait en songeant à lui : « Oh! je voudrais qu'il fût témoin de mon bonheur, et qu'il pût en souffrir, comme il m'a fait souffrir moi-même, dans tout ce qu'il y a de plus intime et de meilleur en nous! »

René n'aspirait plus qu'à une chose, épouser la belle créole, malgré la différence d'âge qui les séparait, et en dépit de tous les autres obstacles qu'un cœur moins épris aurait aperçus dans cette union, car là où il offrait toute son âme, l'adroite fée Mélusine n'apportait que les calculs de son égoïsme et de son orgueil.

Le jeune homme la savait veuve; mais elle prétendait que son oncle, M. Prestly, dont elle dépendait, dans une certaine mesure, s'opposait à ce qu'elle contractât un nouveau mariage, et sous ce prétexte, vrai au fond, car elle craignait les indiscrétions de son vieil adorateur, elle ajournait les espérances de M. Fabrice.

Mais comme si le hasard eût toujours voulu favoriser les intrigues de cette femme, une attaque d'apoplexie la débarrassa de M. Prestly dont elle avait eu soin, depuis longtemps, de se faire donner la fortune. En sorte qu'elle se retrouva libre, et, selon le désir de René, elle consentit à lui donner sa main.

Cependant M. et M\ème Fabrice, éclairés enfin, sur la nature des préoccupations de leur fils, et peu satisfaits du choix qu'il avait fait à leur insu, lui signifièrent qu'ils refusaient leur consentement, et que s'il persistait dans ses projets, ils le contraindraient à leur faire des actes respectueux.

Ainsi, cet enfant, dont ils avaient été si fiers,

et sur la tête duquel ils avaient fait reposer l'espoir et la joie de leur vieillesse, ils se voyaient obligés de le traiter en paria, pour essayer de l'arracher à la funeste séduction qui le perdait !

Mais tous leurs efforts furent vains ; Mme d'Algorre avait une influence trop puissante sur le cœur du jeune homme pour que celui-ci pût se rendre aux conseils de la sagesse et de la raison. Deux mois après la mort de M. Prestly, le mariage fut décidé, malgré les observations de la famille, et sans égard pour les chers souvenirs d'autrefois, qu'on avait inutilement cherché à faire revivre en l'âme oublieuse de René.

Mme d'Algorre, dans tout l'éclat de sa passion, rayonnait d'orgueil ; non-seulement elle se faisait épouser par un homme qui l'adorait, mais elle allait pouvoir rompre avec toutes les traditions équivoques de sa première jeunesse ; elle serait une grande dame, au même titre que toutes celles dont elle avait eu à subir si souvent le mépris !

Elle aurait un salon où viendraient se grou-

er, comme dans un centre, toutes les célébrités
e la capitale, et elle serait l'étoile qui guiderait,
usqu'aux sommets les plus élevés de la vie, ce
eune homme, cet enfant, qu'elle soutiendrait de
es conseils, fière de son œuvre, et oubliant,
ans l'enthousiasme de ses projets splendides,
es souvenirs amers d'un passé dont elle voulait
jamais ensevelir la mémoire!

Mais ce passé allait se dresser devant elle
errible et menaçant, juste à l'heure de son
riomphe!

Les victimes de son égoïsme, de sa jalousie
nplacable, n'étaient pas toutes, comme la
auvre Fanny, glacées par les ombres du sé-
ulcre, et le plus redoutable de tous ses ennemis,
elui que, dans le secret de son cœur, elle avait
ppelé pour le rendre témoin de son succès, ce-
ui-là même qui n'était autre que M. Anget,
llait, par une juste ironie du sort, devenir
instrument de son supplice, et l'exécuteur des
engeances de tous les infortunés qu'elle avait
acrifiés à ses caprices et à son bon plaisir!

La famille de M. Fabrice, opposée à son ma
riage, ne devait pas assister à la cérémonie,
comme Mme d'Algorre n'avait point de parent:
on n'invita que les quatre témoins indispen
pensables.

Trois de ces témoins habitaient Paris; quar
au quatrième, que René tenait beaucoup à avoi
auprès de lui, c'était un ami de son père. Il lu
semblait que la présence de cet ami enlèverait
sa situation ce qu'elle avait de faux et de dou
loureux vis-à-vis le monde; mais comme i
n'était pas encore assuré de son concours, i
n'en avait point parlé à Mme d'Algorre, se ré-
servant de lui en faire la surprise lorsqu'il aurait obtenu une réponse.

Il y avait dix ans qu'il n'avait pas vu M. Anget qui habitait Bordeaux, tandis que sa famille
était fixée depuis longtemps dans la Provence.
Mais, quoique ses relations avec lui eussent
été rares et courtes, il en avait entendu si souvent faire l'éloge qu'il espéra pouvoir compter sur lui, dans cette circonstance décisive. Il ne

lui avait donné, en lui écrivant, aucun détail qui pût l'éclairer sur la nature du service qu'il lui demandait, il lui disait seulement : « Venez, j'ai besoin de vous. » Il pensait qu'une fois arrivé près de lui, il pourrait, en lui faisant ses confidences, essayer de gagner son approbation, et le décider à plaider sa cause auprès de son père.

M. Anget, dont le malheur n'avait pu altérer la bienveillance, n'eut pas le courage de répondre par un refus à cet enfant qu'il avait vu tout jeune sur les genoux de sa mère, et qu'il avait appris à estimer plus tard, en applaudissant au succès de ses brillantes études.

Comme René ne lui avait rien expliqué dans sa laconique dépêche, il arrivait un peu inquiet, croyant qu'il s'agissait de quelques-unes de ces folies de jeune homme qu'on n'ose pas révéler à son père, et que l'on raconte plus volontiers à un ami, sur lequel on compte pour se tirer d'embarras.

M. Anget était loin de se douter qu'il s'agissait d'un mariage, et surtout d'un mariage qui allait le remettre en présence de la femme qui avait été le fléau de sa vie.

Qu'aurait pensé Mme d'Algorre si elle eût pu deviner que le témoin, tant attendu par René, était l'homme dont elle avait brisé le cœur, en ourdissant, contre celle qu'il aimait, une trame aussi odieuse que cruelle? Si elle n'avait pas trempé ses mains dans le sang de la pauvre Fanny, elle était, cependant, seule responsable de sa mort, car c'était elle qui avait aiguisé l'arme meurtrière avec laquelle le crime avait été commis.

Rien ne pouvait l'excuser aux yeux de M. Anget; sa jalousie féroce, son égoïsme monstrueux avaient été les seuls mobiles de cet acte perfide; en l'accomplissant, elle avait obéi aux plus lâches suggestions d'une âme vile, et jamais femme n'inspira à un homme un plus profond sentiment d'horreur que Mme d'Algorre à M. Anget!

L'être si fort et si robuste, que nous avons

connu à Arcachon, avait vieilli pendant ces trois années de souffrance. Sa taille était toujours aussi droite, sa démarche aussi ferme, les chênes ne ploient pas sous les rafales du vent, comme les faibles peupliers; mais ses cheveux avaient blanchi, son front s'était ridé, et une expression sévère rendait sa bouche moins accessible au sourire. Quant à son regard, il était aussi fier que par le passé, et l'honnêteté de sa vie se lisait sur cette physionomie franche et ouverte qui semblait appeler la confiance et l'estime.

V

L'appartement de Mme d'Algorre communiquait avec celui de René, en sorte qu'ils pouvaient passer, sans se déranger, toutes leurs soirées ensemble ; soirées d'amour que la voluptueuse créole savait rendre enivrantes !

On était à l'avant-veille du mariage , dix heures venaient de sonner à la grande pendule qui ornait la cheminée du cabinet de travail du jeune ingénieur ; Mme d'Algorre, étendue languissamment sur un sofa, causait avec René, assis à ses pieds et murmurant de douces paroles, dignes de s'adresser à un plus noble cœur ! Ils formaient mille projets de voyage pour l'avenir; Mme d'Algorre, qui connaissait tout le

ىidi de l'Europe, voulait visiter les pays du
Nord.

— Nous irons, disait-elle à René, voir les
ords de la Suède et de la Norwége, respirer
'air pur de leurs forêts de résine, et nous gra-
virons les hauts rochers qui s'élèvent sur leurs
ivages.

— Nous irons où tu voudras, mon amie ado-
ée; partout où tu marcheras, je te suivrai,
omme un chien fidèle, et si la terre n'est pas
ıssez vaste pour satisfaire aux aspirations de
on âme, eh bien ! nous essayerons de monter
usqu'aux étoiles !

— Enfant! disait-elle, ravie, en jouant avec
es boucles brunes de sa chevelure.

En ce moment, un violent coup de sonnette
retentit à la porte de l'appartement.

René eut un joyeux battement de cœur; il se
ıeva en courant.

— Je suis sûr, dit-il, que c'est une dépêche
ıe mon ami, il m'envoie un télégramme pour
m'annoncer son arrivée, car il sait bien que les

bonnes nouvelles ne sont jamais trop tôt con
nues. Il achevait à peine ces paroles que l
porte s'ouvrit, et M. Anget apparut. Il se jeta à
son cou, tout heureux de l'empressement qu'i
lui témoignait.

Dans l'effusion de sa reconnaissance, il ou
bliait qu'il y avait là un témoin de cette entre
vue ; mais il s'en souvint au bruit d'une chais
renversée. C'était Mme d'Algorre qui, en s
voyant tout à coup en face de son ennem
d'Arcachon, avait cherché une issue pour s'en
fuir ; mais René, qui ne se doutait de rien, s
retourna, et sans remarquer la pâleur étrange
de Mme d'Algorre, il lui prit la main pour l'em
pêcher de sortir, lui disant :

— Vous n'êtes pas de trop ; et s'adressant à
M. Anget :

— Je vous présente ma fiancée... Il ne pu
achever sa phrase, tant l'attitude de son ami
l'intimida et le glaça !

La Mélusine, frappée d'épouvante, se sentait
perdue.

— Quoi! reprit enfin M. Anget, que la stupeur avait d'abord rendu muet, ai-je bien entendu?... Cette femme est la fiancée de René Fabrice?...

Et il eut, dans la voix, en prononçant ces mots, un tel accent de mépris que le jeune homme en fut profondément blessé.

— Oui, monsieur, répondit-il d'un ton froid, vous l'avez dit : madame est ma fiancée, et dans deux jours, elle sera ma femme!

— Je m'y oppose au nom de ce que vous avez de plus cher!

— Comment? vous aussi?

— Oui! moi surtout, car je la connais!... J'espère être arrivé assez tôt encore pour vous sauver!

— Mais que veulent dire ces paroles énigmatiques?... Je vous en conjure, expliquez-vous!

— Oh! ce ne sera pas long!

Mais Mᵐᵉ d'Algorre, revenue de sa première surprise, avait relevé la tête, et, d'un air de défi,

12

elle semblait imposer silence à son adversaire...
Puis se tournant vers son jeune ami :

— Conduisez-moi, lui dit-elle, jusqu'à mes
appartements, monsieur a des confidences à
vous faire, j'en ai aussi; si vous le voulez bien,
nous remettrons à demain la suite de cette conversation qui m'est pénible.

Et d'un pas majestueux, lent, mesuré, comme
celui d'une femme qui veut paraître au-dessus
de tout soupçon, elle sortit au bras de son
fiancé.

M. Anget, resté seul pendant quelques instants, ne pouvait en croire ni ses oreilles, ni ses
yeux. Il savait bien Mme d'Algorre capable
de toutes les audaces; mais en cette circonstance, son aplomb le stupéfiait.

— Et pourtant, se disait-il, à tout prix, il faut
que j'arrache ce malheureux aux griffes de cette
femme! C'est le fils de mon meilleur ami, je ne
puis le laisser courir à sa perte, et livrer sa jeunesse, son existence tout entière aux convoitises
de cette indigne créature !

Tandis qu'il était plongé dans ces réflexions douloureuses. René Fabrice, que Mme d'Algorre avait mis en défiance contre M. Anget, revenait auprès de lui, le cœur rempli de vagues et tristes pensées. M. Anget vit qu'il aurait de la peine à convaincre cet aveugle volontaire; mais il n'était pas homme à reculer devant la lutte, quelque difficile qu'elle dût être.

— Voyons, mon ami, dit-il à René, en s'avançant près de lui, la surprise d'une rencontre aussi imprévue a un peu embrouillé notre situation; dites-moi d'abord quel est le service que vous attendez de moi?

— Oh! j'avais cru, murmura le jeune homme, que vous m'étiez assez dévoué pour servir de témoin à mon mariage, et remplacer un peu, auprès de moi, mon père absent dont je regrette si vivement l'opposition à mes projets!... Mais à cette heure, il ne peut plus être question de cela, et je suis au désespoir de vous avoir dérangé, puisque vous avez des préventions contre Mme d'Algorre.

— Des préventions! mon cher enfant, s'écria M. Anget. Comment pouvez-vous vous servir d'expressions semblables, quand je vous ai dit que, depuis longtemps, j'avais le malheur de connaître cette femme?

— Oh! je sais bien ce que vous allez me raconter : elle a beaucoup voyagé, et comme elle est fort belle, elle a excité, sur son passage, des jalousies terribles; aussi, pour se venger, les femmes, qu'elle a blessées dans leur sotte vanité, ou leurs prétentions ridicules, ont répandu contre elle les plus noires calomnies.

— Ah! elle vous a débité cette petite histoire, l'innocente !... Eh bien! elle en a menti! Partout où elle est passée, en jouant le rôle d'une grande coquette, elle n'a fait que s'exposer à la risée des gens sensés, et n'a pas excité l'envie des autres femmes, comme elle veut bien le dire; mais le sentiment d'égoïsme qui domine toutes ses actions a eu pour d'autres les conséquences les plus fatales ! Ceux qui l'ont connue, il y a trois ans, à Arcachon n'oublieront pas le triste drame auquel elle a été mêlée!

René, très-inquiet de la tournure que prenait l'entretien, n'osait ni combattre les faits exposés par son ami, ni les entendre formuler sans protestations.

Il essaya, cependant, de prendre le parti de Mme d'Algorre; mais M. Anget, tout entier au souvenir poignant de ses douleurs, imposa, d'un geste, silence au jeune homme, et il se mit à lui raconter d'une voix émue tous les événements que nous avons vus se dérouler au commencement de ce récit.

René aurait voulu douter; mais l'accent de sincérité et de franchise, qui marquait chacune des paroles de M. Anget, lui perçait le cœur, comme une lame de fer rouge, et enfin, lorsqu'il toucha au dénoûment, et qu'il vit sous ses yeux cette lettre accusatrice que M. Anget gardait toujours sur lui, comme une arme dont il espérait pouvoir se servir à l'occasion, le pauvre garçon, effrayé, se tordit dans les angoisses de la douleur et de la désillusion.

12.

Mais cette épreuve ne suffisait pas encore pour vaincre l'amour tenace et affolé du jeune homme. Obligé de se rendre à l'évidence, il voulait la repousser de toute la force de sa passion, et il lui semblait sentir, sur sa poitrine, le poids écrasant d'un cauchemar qu'il essayait en vain de soulever!

— Pauvre enfant! dit à la fin M. Anget, je vous fais bien du mal; mais c'est un mal nécessaire; ne faut-il pas que je vous délivre de l'obsession de ce fatal amour, et que je vous fasse entrevoir l'abîme dans lequel vous alliez tomber? Non! croyez-moi, mon ami, cette femme fausse, perfide et méchante est indigne de porter un nom honorable comme le vôtre. Savez-vous comment on l'appelait à Arcachon?... La fée Mélusine! Et jamais comparaison ne fut plus juste; elle est bien vraiment le génie de l'astuce et de l'hypocrisie! Son amour n'est qu'un piége, et ceux qu'elle entraîne dans les enlacements voluptueux de ses caresses empoisonnées ne tardent pas à tomber meurtris, sous les coups de cette tigresse dont les baisers sont plus dangereux que des morsures !

— Oh! mon Dieu! murmura René, j'ai mis ma vie en elle, et maintenant, s'il me faut la reprendre, je sens que j'en mourrai !

— Non, mon ami, vous n'en mourrez pas; vous souffrirez, sans nul doute; mais une nature d'élite, comme la vôtre, ne saurait être le jouet des caprices et des sottises d'une créature aussi perverse !

— Ah! vous ne savez pas quelle existence austère a été la mienne! Je n'ai connu ni les plaisirs, ni les fêtes, et lorsqu'enfin arrivé au but que j'avais poursuivi, mon cœur s'éveille, pour la première fois, il se trouve en face de cette femme aussi belle que séduisante; il était vaincu d'avance, car elle a fait vibrer en moi des cordes nouvelles et inconnues! Je l'ai aimée avec l'ardeur juvénile de mes vingt ans, et nous avons entrevu ensemble le pays enchanté du bonheur et de l'extase!.....

Il y a un instant encore, je croyais à la réalité

de mon rêve, et je me sens brisé par la chute
profonde qui lui succède.

— Oh! mon enfant, je comprends tout ce que
vous devez souffrir, et ce n'est pas moi qui m'é-
tonnerai de l'amertume de vos plaintes! Mais,
quoi qu'il arrive, cher ami, je vous crois l'âme
assez haute pour supporter courageusement une
déception qui vous préserve d'un si grand malheur!

— Non, non, ce n'était pas un malheur de
vivre dans l'illusion!

— Pauvre René! la violence du désespoir
excuse et explique ces paroles imprudentes; mais
vous ne penserez pas toujours ainsi!

La nuit s'acheva dans l'échange de ces confidences, si pleines d'angoisses pour ce jeune cœur.

Lorsque le matin fut venu, M. Anget, qui
craignait, non sans raison, un retour de tendresse de la part de René, l'engagea à faire ses
préparatifs de départ et à le suivre immédiatement.

— Non, non, répondit-il, je ne puis la quitter

ainsi, il faut que je la voie une fois encore, une dernière fois.

— Si vous la revoyez, vous ne pourrez la quitter; allons, mon ami, point de faiblesse! soyez homme et montrez un peu d'énergie!

— De l'énergie? j'en aurai; mais un galant homme ne peut retirer sa parole, sans prendre congé d'une femme qu'il a si tendrement aimée!

— Quoi! vous vous imaginez qu'après l'avoir revue, vous aurez le courage de vous séparer d'elle! Oh! mon ami, dès que vous l'apercevrez, vous serez à ses pieds, et votre amour, en ce moment, cherche à se tromper lui-même, à trouver des prétextes pour dissimuler à vos propres yeux la faute que vous allez commettre!

M. Anget achevait à peine ces paroles, que la porte s'ouvrit avec fracas, et Mme d'Algorre apparut sur le seuil.....

— René, dit-elle d'une voix stridente, je vous ai laissé la liberté d'entendre les mensonges de M. Anget; entre lui et moi, choisissez!..... M'abandonnerez-vous après les serments d'amour

que nous avons échangés!...,. Serez-vous ass
faible, assez lâche pour céder à ses instances,
me laisser là, moi, pauvre femme qui vo
aime!.....

Il y avait tant d'émotion dans les derni
mots qu'elle prononça, que le jeune homme,
sitant et incertain une minute auparavant,
put y tenir, et malgré son estime, malgré s
affection pour M. Paul Anget, il courut
Mme d'Algorre, et lui offrant son bras d'un
chevaleresque, il lui dit en la regardant tend
ment :

— A vous! à vous pour toujours!

Et ils sortirent.

M. Anget, le cœur serré, la tête en feu, s
faissa sur un siége.

— Oh! mon Dieu! se disait-il, l'infa
triomphera-t-elle donc éternellement, et ne po
rai-je préserver cet enfant du sort qui le i
nace ?

Hélas! j'ai échoué dans ma première te
tive, et rien désormais ne pourra me rappro

de René qui est retombé sous le joug de Mme d'Algorre !

Oh ! pourquoi suis-je venu, puisque mon intervention devait être inutile, et n'a servi, au
contraire, qu'à rendre plus fort le lien de cet
amour maudit?.....

Et que fais-je ici? ajouta-t-il avec un sourire
amer, en s'apercevant qu'il était encore dans
l'appartement du jeune homme; ma présence
ne peut plus empêcher les événements de s'accomplir !

Tout en faisant ces réflexions, il reprit son
modeste bagage de voyageur, et se prépara à se
remettre en route.

Il se sentait si triste qu'il n'eut pas le courage
de rentrer à Bordeaux où il devait se trouver
seul avec sa mère, dont il ne voulait pas affliger
la vieillesse; il se dirigea du côté du Midi, pour
aller confondre sa douleur avec celle de la famille Fabrice.

VI

Tandis que M. Anget se rend à Vallauris, René, qui n'avait pas eu de peine à trouver le témoin qui lui manquait, accomplissait, bravement, le fatal mariage dont son ami avait, en vain, cherché à le détourner.

Mais à cette heure, il avait mis, sous ses pieds, l'opinion du monde, celle de la famille et les conseils de la plus vulgaire prudence ! Il aimait de cet amour insensé que les jeunes gens éprouvent, parfois, pour des femmes plus âgées qu'eux, savantes dans l'art de plaire !

Ils ne se demandent pas si le jour de la désillusion viendra, ils ne veulent point le savoir, et se laissent aller, dans leur folle ivresse, à tous les sacrifices, même à celui du bonheur doux et pur, qu'ils eussent trouvé au foyer honnête d'une union mieux assortie !

M. Anget, qui semblait toujours devoir être vaincu dans sa lutte avec la fée Mélusine, était parti, l'âme assombrie par les plus noirs pressentiments.

Il y avait longtemps qu'il n'avait pas vu le père de René, il allait le retrouver dans les circonstances les plus pénibles, et son cœur loyal en était douloureusement affecté.

M. et Mme Fabrice avaient pris le deuil comme si leur fils eût été mort, et ils avaient à côté d'eux un si grand chagrin à consoler, que la vie leur semblait déserte et sans but, en face de leur enfant perdu et de Louise de Mérigny mourante.

La pauvre jeune fille, qui se sentait dépérir de jour en jour, depuis le départ de René, avait été presque foudroyée par la nouvelle de son mariage. Elle pleurait bien son abandon ; mais, peut-être, espérait-elle encore un retour possible,

tant qu'elle croyait son bien-aimé libre de tou
engagement? Dès qu'elle eut appris que Ren<
avait contracté une autre union, et que son indifférence, pour elle, n'avait été que le prélud<
d'un acte plus décisif et plus offensant, elle eu
un accès de fièvre cérébrale, et pendant hui
jours, on désespéra de la sauver.

Elle revint à la vie, pourtant, mais si faible,
si pâle et si changée qu'elle n'était plus que
l'ombre d'elle-même. Le sourire semblait avoir
fui à jamais de ses lèvres, et ses yeux, creusés
par l'insomnie, avaient un regard navrant qui
déchirait le cœur de sa mère!

M. Anget connaissait un peu la famille de
Mérigny, et il s'associait à sa douleur avec d'autant plus de sympathie que M. et Mme Fabrice
en souffraient comme s'ils eussent été respon-
sables des caprices et des dédains de leur fils!

— Pauvre Louise! murmurait le marin, sera-
t-elle donc encore la victime de cet odieux vam-
pire?..... Oh! non, cela ne sera pas, ajoutait-il,
et parmi tant d'êtres chers que je n'ai pu sous-

traire à l'influence maudite de cette femme, il
faut au moins que j'essaye de sauver cette malheureuse enfant, que je la délivre du marasme
qui l'étreint et la tue !

Et comprenant, avec une délicatesse toute féminine, les soins discrets qu'il fallait avoir pour
cette âme blessée, il se constitua d'office son
docteur et son conseil. Pour la distraire de l'idée
fixe qui l'absorbait, il lui racontait ses lointains
voyages, ses aventures, les dangers qu'il avait
courus, et peu à peu il arrivait à l'intéresser, à
l'amuser, à lui faire prendre goût à autre chose
qu'à la contemplation muette de sa douleur et
de ses regrets ! M. Anget avait tant souffert
lui-même qu'il savait mieux qu'un autre pénétrer le mystère de cette désolante tristesse ; mais
il feignait d'en ignorer le sujet, et chaque jour,
il gagnait la confiance de cette jeune fille timide,
et jusque-là repliée tout entière sur l'amer souvenir de son chagrin.

Malheureusement, le mal avait des racines
profondes, et ne pouvait être guéri en quelques

mois. M. Anget le sentait bien, il n'aurait pas voulu laisser son œuvre incomplète et partir sans avoir relevé cette jeune fleur, qui se penchait sur sa tige, et à laquelle il s'était promis de rendre la force et la santé. Mais sa vieille mère réclamait ses soins, et elle pressait son retour avec une impérieuse tendresse.

Un jour qu'il causait de son départ prochain avec Mᵐᵉ de Mérigny, qui le suppliait de rester encore, il lui proposa de la conduire, avec sa fille, sur les bords de l'Océan, non loin de Bordeaux.

— Peut-être, lui dit-il, que le changement d'air et de pays provoquera aussi le changement des idées, et dans tous les cas, quoique les rivages de la Méditerranée aient un charme bien puissant, ceux de l'Atlantique ont plus de sauvage grandeur, et il serait possible que votre chère enfant se trouvât mieux sous ce rude climat que sous celui du midi, dont les molles tiédeurs énervent les tempéraments faibles, au lieu de les fortifier.

— J'en parlerai à ma fille, dit Mme de Mérigny ;
mais je crains que nous ayons bien de la peine
à la décider à quitter Vallauris, même pour
quelques semaines. C'est là que sont tous ses
souvenirs, toutes ses joies, et toutes ses douleurs
aussi, hélas ! Je crois même qu'elle tient davantage à ce qui lui rappelle ses souffrances qu'à
tout le reste, ajouta la pauvre mère en soupirant.

Cependant, si elle voulait accepter cette idée
de voyage, nous en serions tous heureux, et
bien reconnaissants envers vous, cher monsieur
Paul, à qui nous devons déjà tant ! car si ma fille
est un peu moins fatiguée, en ce moment, c'est
votre œuvre et nous ne l'oublierons jamais !

— Ah ! chère madame, ce que j'ai fait est
bien peu de chose, et tant que la guérison de
Louise ne sera pas absolue, je ne pourrai accepter vos remercîments. Et d'ailleurs, dans le
traitement moral que je fais subir à cette inté-
ressante enfant, il y a tout plaisir pour moi ;
elle est si bonne, si intelligente, si distinguée
d'esprit et de cœur qu'on ne peut la voir sans

l'aimer! Quelle aberration de la part de ce malheureux René d'avoir délaissé Louise pour Mme d'Algorre! C'est une de ces folies qui me jettent dans la stupeur! Et pourtant, ce n'est pas la première fois que j'ai été témoin du succès de cette femme; mais l'empire qu'elle exerce sur les autres hommes est toujours pour moi un sujet d'étonnement!

— Oh! vous, cher monsieur, vous êtes un sublime naïf, et votre grand caractère vous a préservé de la corruption du siècle; mais les hommes de votre trempe sont rares, croyez-le bien!

J'avais pensé un instant, comme ma pauvre fille, que René était une de ces âmes d'élite qui s'élèvent au-dessus de la foule; mais je n'ai pas tardé à reconnaître que je m'étais trompée!

— Non, madame, vous ne vous étiez pas trompée; ce jeune homme a une belle âme, seulement il a été gâté par le monde, il n'a pas encore souffert, il n'a eu à lutter contre aucun obstacle; jusqu'à cette heure tout lui a été facile;

mais il est entré dans la fournaise ardente, et bientôt il sera aux prises avec les épreuves suprêmes, je ne crois pas qu'il manque du courage nécessaire pour les supporter sans faiblir! Il est plus malheureux que coupable, soyez-en persuadée !

— Vous avez, cher monsieur, des trésors d'indulgence qui ne peuvent trouver place dans le cœur d'une mère, trop justement froissée ! M. Fabrice a été fort léger vis-à-vis de ma fille ; après avoir éveillé en elle les sentiments les plus doux et les plus forts, rempli cette jeune âme d'admiration et de tendresse, il a cessé de s'occuper d'elle, sans nul souci du mal qu'il pouvait lui faire ; oublieux et cruel à force d'indifférence, il a failli la conduire au tombeau !

— Je ne cherche pas à atténuer ses torts, chère madame, ils sont immenses ! mais Louise ne sera pas la seule à en supporter les funestes conséquences, et lorsque le bandeau qui l'aveugle sera tombé pour jamais, il sentira le poids de la chaîne qu'il s'est forgée, il la maudira et ne pourra la rompre ; son avenir, ses espérances, tout s'écroulera dans le gouffre où il s'est jeté avec tant d'imprévoyance !

— Dieu veuille qu'il n'en soit pas ainsi, car son malheur n'allégerait pas le nôtre, et les pauvres Fabrice sont déjà si éprouvés qu'on voudrait pouvoir espérer qu'ils n'auront pas à subir de nouvelles douleurs !

— Je le souhaite sincèrement, chère madame, mais je connais trop la méchante femme qui porte le nom de notre ami pour me tromper au sujet des déceptions qu'elle lui réserve !

Quelques jours après cette conversation, Mme de Mérigny, qui était parvenue à convaincre Louise de la nécessité de faire un grand voyage, partait avec elle, accompagnée de son mari et de M. Anget qui leur offrit d'abord l'hospitalité à Bordeaux chez sa mère, puis les installa, pour toute une saison, à Soulac, petit village de pêcheurs d'où la vue s'étend sur la grande mer, qui soulève majestueusement ses vagues énormes, dans un horizon sans limites !

M. Anget venait faire de fréquentes visites à
ses amis, et souvent il passait près d'eux toute
une semaine, afin de s'occuper plus attentive-
ment de la convalescence de sa chère malade,
qu'il voulait rattacher à la vie, au bonheur, à
l'espérance!

VII

Un an s'est écoulé ; M. et Mme René Fabrice ont fait avec enthousiasme le voyage charmant qu'ils avaient projeté ; la lune de miel dure encore ; cependant, les premiers nuages, qui doivent jeter leur ombre sur cette union, commencent à se montrer dans le ciel pur de leur amour.

La Mélusine, qui a su plier pendant tant de mois sa nature féline à la contrainte, reprend peu à peu le caractère bizarre et terrible que nous lui avons connu à Arcachon. Mais ce ne sont que des éclairs ; son orgueil est trop flatté du talent de son mari, de sa gloire dont elle exagère l'importance, tant est grand son désir de briller et de paraître au-dessus de tous, pour qu'elle se laisse aller à l'emportement de ses mauvais instincts.

Pourtant un noir souci hante son imagination; elle a surpris, parfois, dans les regards de René, quelque chose comme un sentiment d'indéfinissable tristesse. Quel peut être le motif de cette mélancolie?... Elle le lui a demandé; mais René a éludé sa question... L'aimerait-il moins déjà, et se repentirait-il de lui avoir fait tant de sacrifices?

Cette pensée l'agite et la trouble, il faut qu'elle mette un terme à cette souffrance mystérieuse, et qu'elle en découvre le motif.

Elle n'interrogea plus son mari, elle avait compris que c'était inutile; mais elle le surveilla, et ne tarda pas à savoir qu'il écrivait chaque semaine à sa famille, sans en recevoir de réponse. De là son chagrin. Elle en conçut une jalousie furieuse.

— Ainsi, se dit-elle, c'est le regret d'être abandonné de ses parents qui le désole!... Est-ce que je ne lui suffis plus? Et quand je l'aime de toute la tendresse de mon cœur, il désire encore autre chose !..... Oh ! je le guérirai de cette folie, et je l'humilierai à mes pieds, pour avoir osé pousser des soupirs qui vont à une autre adresse qu'à la mienne !

Mais ces sentiments de colère lui ôtaient le charme qui avait été son plus grand moyen de succès auprès de René, et celui-ci commençait à comprendre les avertissements de M. Anget. D'ailleurs, il pouvait faire dans le monde d'autres observations qui froissaient son amour-propre ; sa femme rencontrait, parfois, d'anciennes connaissances qui ne se gênaient pas pour la traiter plus familièrement qu'il ne l'eût souhaité, et il sentait que sa patience et son sang-froid lui échapperaient bientôt.

C'est ainsi que, sous l'empire de ces préoccupations, René et sa fée Mélusine marchaient d'un pas moins égal dans le sentier de la vie ; ils se défiaient l'un de l'autre, et la séparation absolue de leurs âmes n'était pas loin de s'accomplir ! Le dissentiment profond, irrémédiable qui les

divisait maintenant, s'accentuait chaque jour davantage.

L'enthousiasme chevaleresque qui avait entraîné Fabrice à se ranger du côté de Mme d'Algorre, tandis que M. Anget le rappelait au sentiment du devoir vrai et du sacrifice nécessaire,
était loin alors d'enflammer l'imagination du
jeune homme, et peu à peu, sa fée enchanteresse se dépouillait du prestige qui l'avait enivré.

Ce nom fatal de Mélusine, jeté au milieu de
la conversation par son ami, lui revenait sans
cesse à la mémoire, et parfois, s'abîmant dans
le passé, il reconstruisait la légende de la femme-
serpent, et il lui semblait voir s'opérer la transformation horrible dont, malgré lui, son esprit
était hanté !

Il en était là de ses impressions et de ses
doutes, lorsqu'un jour il reçut une lettre de
Mlle de Lantac.

La vieille fille n'avait pas eu un moment de
repos depuis le terrible drame d'Arcachon ; il
lui semblait que sa conscience était chargée du

crime qui avait mis fin aux jours de l'infortunée
Fanny, et elle avait voué à Mme d'Algorre une
de ces haines qui ne s'éteignent pas, et qu'avivait
encore le spectacle lamentable qu'elle avait sous
les yeux. Son cousin, M. de Langeron, devenu
fou à la suite de tous ces événements qui l'a-
vaient si fort impressionné, vivait encore auprès
d'elle ; ombre de lui-même, il faisait peine à voir,
et lorsque ses lèvres décolorées et inconscientes
prononçaient le nom de la Mélusine, trop adorée
jadis, Mlle de Lantac sentait renaître en elle
toutes les fureurs de sa colère ! Longtemps elle
avait cherché les traces de Mme d'Algorre, sans
pouvoir les découvrir ; mais elle ne s'était pas
lassée, et un jour, elle apprit son mariage, en
même temps que son départ pour le nord de
l'Europe. Elle respira ; sa vengeance n'était
qu'ajournée ; elle surveilla le retour de son ennemie, la laissa s'installer, savourer les douceurs
intimes du chez soi, puis elle lança sa flèche,
espérant atteindre en plein cœur celle qu'elle appelait toujours la méchante fée !

M. René Fabrice, déjà incliné aux soupçons, reçut cette lettre sans surprise, mais avec un amer sentiment de désespoir !

Les hommes les plus forts, même ceux qui ont toutes les vaillances, ne sauraient supporter, sans frémir, le ridicule qui s'attache à un mari trompé.

Les révélations de Mlle de Lantac étaient accablantes ; elle avait étudié jour par jour la vie scandaleuse de Mme d'Algorre, et elle dévoilait tous les mystères, sans réticence, au malheureux Fabrice qui ne pouvait plus douter, en présence des preuves multipliées qu'on lui donnait, de l'infamie, de la cruauté et de l'hypo-crisie de sa femme !

Un immense dégoût le saisit !

Il aurait pu, comme autrefois Raymondin, comte de Poitou et marquis de Lusignan, se dé-barrasser d'une femme dont il avait pénétré les secrets hideux et se faire justice à lui-même, sui-vant certaine morale, tout récemment recom-mandée aux maris jaloux, dans des pièces de théâtre célèbres; mais René Fabrice avait l'âme trop haute, le cœur trop sincère pour se livrer à cet acte brutal qui ne répare pas le passé et n'a d'autre effet que de donner à la coupable le rôle intéressant d'une victime !

D'ailleurs il était de cette école, malheureusement trop restreinte, qui érige en principe le respect de la vie humaine, et croit que nul être en ce monde n'a le droit d'attenter à la vie d'un autre, quelque criminel qu'il soit !

Il n'avait d'autre parti à prendre que d'abandonner sa femme à ses remords et à sa honte !

Son rêve d'amour était fini, il ne voulait pas essayer d'en disputer les lambeaux à la destinée. Mme d'Algorre, qui n'aurait jamais dû porter le nom honnête de Fabrice, lui deviendrait désormais étrangère, et, pour se soustraire à ses poursuites, ainsi qu'à ses reproches, il demanda et obtint une mission scientifique du gouvernement français. On l'envoya dans l'Indo-Chine, cette colonie déshéritée où les hommes manquent pour assainir et cultiver le pays, si inhospitalier à nos malheureux compatriotes.

Se dévouer à l'étude, à la science qui avait été le premier but de sa vie, était une revanche digne de ce grand cœur, la seule qu'il pût prendre sans abaisser son caractère.

Ses préparatifs de départ furent bientôt faits. Il avertit sa femme, par une courte lettre, qu'il allait s'absenter, mais il ne lui parla point de retour, et surtout il ne lui indiqua pas la direction qu'il allait prendre.

Il avait un double devoir à remplir avant de quitter la France : revoir ses parents et obtenir leur pardon, puis retrouver, auprès de M. Anget, le courage qui fait supporter avec résignation les plus dures épreuves ! Il reverrait sans fausse honte cet ami si dévoué dont il ne redoutait ni les reproches ni les sarcasmes ; n'était-il pas assez puni par son malheur et les angoisses de sa conscience troublée ?

Il avait été précédé à Vallauris par une longue lettre d'explications qui devait lui ménager un accueil favorable. Il ne fut pas trompé dans ses espérances, son père le consola par de bonnes et fortifiantes paroles, et sa mère émue n'eut pour lui que des mots de tendresse et de pitié.

René apprit la maladie et la guérison de Louise de Mérigny, revenue au pays depuis quelques jours; mais il n'osa pas aller voir sa famille. Du reste, il ne passa qu'une semaine chez ses parents, car il craignait le scandale que pourrait faire sa femme, si elle découvrait sa retraite. Les adieux furent touchants. M. et Mme Fabrice ne voulaient pas accepter la pensée d'une séparation éternelle, et en embrassant leur fils ils lui dirent au revoir, souhaitant qu'il leur revînt en des jours plus calmes et plus heureux.

René trouva M. Anget plongé dans une nouvelle tristesse, il venait de perdre sa vieille mère, et ressentait douloureusement le poids de sa solitude ! Rien ne l'attachait plus à sa ville natale, et pour donner à son ami une preuve d'affection, tout en s'arrachant lui-même à la mélancolie de ses souvenirs, il résolut de l'accompagner dans ce long voyage qui lui offrait un but élevé, et une œuvre sérieuse à entreprendre !

Laissons-les donc aux émotions de leur voyage, et aux aspirations généreuses de leurs esprits retrempés par la souffrance, et voyons ce que devenait l'israscible Mme d'Algorre, frappée tout à la fois dans son amour et dans son orgueil !

VIII

La lettre de René écrite, assez tard, la veille de son départ, ne fut remise à sa femme que le lendemain dans la matinée. En la lisant, sa rage ne connut plus de bornes; il lui semblait voir derrière les lignes fatidiques la grande ombre de M. Anget, traçant, lui-même, les mots implacables qui devaient la désespérer.

Elle comprit que tout était fini, et se laissa entraîner par le vertige de l'abîme !

Si elle eût trouvé, à cette heure, une arme sous sa main, elle se fût tuée à l'instant même. Mais elle réfléchit, et se dit qu'il fallait attendre quelques jours, pour savoir si son infidèle ne lui reviendrait pas.

La triste créole se renferma dans un silence de mort, elle ne reçut plus personne, et défendit même à sa femme de chambre de pénétrer chez elle, sans en avoir l'ordre.

Elle sortait régulièrement deux fois par jour; le matin elle allait à la poste, et le soir, elle faisait différents achats. Une semaine se passa ainsi; ses courses à la poste furent aussi infructueuses les unes que les autres; elle avait écrit dans toutes les directions à M. René Fabrice, ses lettres restèrent sans réponse.

— C'est bien, dit-elle, le soir du dernier jour où elle se rendit au bureau, je sais, maintenant, le parti que je dois prendre !

Et elle dressa, elle-même, dans son salon, la chambre ardente où elle voulait s'enfermer pour mourir !

Comme tout avait été théâtral dans la vie de cette femme, sa mort devait être une sorte d'apothéose.

Elle tendit sur ses murs des draperies noires et blanches, elle alluma des cierges autour d'un

catafalque de velours brodé d'argent, puis, lorsque tout fut prêt, elle se coucha sur ce lit de
parade, et elle avala une potion empoisonnée.

Elle avait espéré, sans doute, que la mort
viendrait rapide et foudroyante; mais cette
fin trop douce ne devait pas être la sienne;
soit que la dose de poison ne fût point assez
forte, soit que sa constitution fût trop robuste
pour céder sans résistance à l'action dissolvante
du breuvage qu'elle avait absorbé, toujours est-
il que son agonie, lente à finir, lui infligea toutes
les tortures et toutes les angoisses qui avaient
été souvent épargnées à ses victimes !

Que dut-il se passer, dans l'âme de cette
femme, pendant ces heures lugubres et solitaires
que la souffrance rendait si cruelles ?

'Le remords vint-il heurter à la porte de cette
conscience, depuis si longtemps fermée à tout
sentiment pur et généreux ?... Non ! des
natures aussi perverses ne connaissent point
l'apaisement du repentir, et ses regrets, si elle
en eut, ne purent avoir d'autre cause que le

chagrin de quitter ce monde avant de s'être vengée de tous ses ennemis !

René, seul, échappait à l'expression de cette haine féroce. Pendant quelques jours, quelques mois, peut-être, il l'avait sincèrement aimée, et elle mourait pour s'offrir en holocauste à celui dont l'abandon la brisait, sans lui inspirer ni colère, ni mépris !

Les images flottantes de son passé plein de crimes durent être les derniers souvenirs qui traversèrent sa pensée, en la frappant d'épou-vante, car au bout de vingt-quatre heures, lorsque ses gens, enfreignant les ordres qu'elle leur avait donnés, entrèrent dans cette chambre sinistre, ils trouvèrent, avec effroi, un cadavre horriblement défiguré. Les spasmes de l'heure suprême avaient laissé sur ce visage, jadis si beau, l'empreinte d'une terreur profonde ; et sa chair bleuie, ses yeux vitrés et fixes, racontaient à tous les douleurs que la malheureuse avait subies, avant de rendre le dernier soupir !

Cet événement fit quelque bruit et l'écho en

arriva jusqu'à Vallauris; mais René était déjà
parti pour son grand voyage, et son âme ne fut
pas troublée par la pensée de ce sinistre suicide.

La créature frivole et méchante qui n'avait
passé sur cette terre que pour y porter la désolation et le malheur, sembla avoir voulu se fair
justice à elle-même; sentant son rôle fini, il n
lui était pas venu à la pensée de racheter ses faute
et ses erreurs par quelque noble et grand
action ! Elle avait voulu disparaître le jour o
elle avait compris la fragilité de son pouvoir, pa
la fuite de l'homme qu'elle croyait avoir
jamais dompté !

De telles femmes ne sont pas aussi rare
qu'on pourrait l'imaginer. L'éducation qu'o
donne aux jeunes filles, la direction fausse qu'o
imprime à leurs idées et à leurs sentiments
tout concourt à développer, en elles, le germ
des passions égoïstes et fatales ! A ce mal pro
fond, il n'y a qu'un remède : réformer l
système suivi jusqu'à présent, élever l'intelli
gence des femmes par une instruction plu

sérieuse et plus étendue, leur apprendre que la recherche de la vérité, celle du bien, est le noble but que chaque créature humaine doit poursuivre, en dépit des obstacles qu'on rencontre dans l'accomplissement de cette œuvre de dévouement sublime où le sacrifice de soi-même devient l'humble et héroïque devoir de tous les êtres de ce monde !

ÉPILOGUE

I

C'était à la fin de 1869 que René était parti avec M. Anget; il se sentait profondément dégoûté de la vie dont il venait de faire une si triste expérience, et il quittait sa patrie, en croyant marcher à un exil éternel. Une seule pensée relevait son courage, c'était celle de réparer le mal qu'il avait fait à sa famille, car il espérait que son acte de dévouement rendrait à son nom l'éclat qu'il lui avait fait perdre, en le partageant avec une femme indigne de toute estime.

Les hommes de science qui se décident à aller

en Cochinchine, cette colonie malsaine, si loin
de la France, sont comme ces sentinelles perdues
qu'on lance en avant-gardes au poste le plus
périlleux, et qui s'honorent en bravant tous les
dangers pour le service de la mère patrie.

Ils ont, non-seulement, pour ennemis, les in-
digènes, mais encore la maladie, la fièvre et le
triste cortége des fléaux qu'engendrent les mias-
mes délétères s'élevant sur les rives des grands
fleuves transformés en marais.

René ne voulait pas se tuer lâchement, comme
ces êtres sans énergie, qui cherchent à échapper
aux nécessités de la lutte ; mais il appelait les
émotions violentes, les obstacles puissants, afin
d'oublier, si c'était possible, dans ces combats
de chaque jour, contre la nature et contre les
hommes, le souvenir de ses malheurs !

La traversée fut bonne, la mer clémente semblait vouloir faire accueil à ce cœur blessé, et
M. Anget ne désespérait pas de le ramener, peu
à peu, à des sentiments plus calmes et plus rési-
gnés.

C'était une grande mission qu'il avait entreprise, et il y mettait toute l'ardeur d'une âme que
ses propres souffrances n'avaient pas aigrie, et
qui avait su conserver, pour tous les êtres
malheureux, la sympathie intelligente qui con-
sole, et parfois guérit les plus profondes douleurs !

En arrivant à Saïgon, M. Anget trouva un
courrier de France ; venu par les voies rapides,
il les avait précédés de quelques semaines. Il y
avait à son adresse une lettre de M. Fabrice père,
qui lui racontait la mort violente de la femme
de son fils.

— « Je me suis adressé à vous, cher ami, lui
disait-il, pour vous transmettre cette nouvelle,
afin que vous l'annonciez à René, avec toutes les
précautions qu'exige son âme malade. Qui sait,
si, en apprenant la disparition de cette femme
qu'il a tant aimée, il n'éprouvera pas des regrets, des remords, peut-être ? Il faut lui éviter
les secousses trop brusques, le préparer tout
doucement à la découverte de sa délivrance ; car

14.

pour lui, pour nous tous, c'en est une, et quelque pénible que soit ce dénoûment, il vaut mieux, pour l'avenir de notre cher René, que tous ceux qui auraient pu être inventés par l'imagination fertile de cette odieuse femme !

« Mais je crains, mon ami, que ce souvenir lugubre empoisonne l'existence de notre cher enfant. Ah ! que ne donnerions-nous pas pour effacer cette année fatale d'enivrement irréfléchi et de désillusion profonde ! Il lui était si facile d'avoir une vie simple, douce et bonne auprès de la jeune fille charmante qui l'aimait !... Mais ne parlons pas de cela, je voudrais pouvoir encore rêver, pour lui, le bonheur que nous avions entrevu à l'aurore de sa jeunesse ; hélas ! je n'ose plus m'arrêter à cette pensée, tant de choses pénibles ont séparé ces deux cœurs qu'il sera peut-être impossible de les réunir un jour, et de faire disparaître les nuages qui ont obscurci le ciel de cet amour qui pouvait être si pur et si beau !

« Il ne sert à rien de s'appesantir sur un passé désormais fini, ce qu'il nous faut, c'est essayer de rendre l'avenir moins triste et moins douloureux que le présent. »

M. Anget ne jugea pas à propos d'instruire, immédiatement, son ami de cet événement tragique; il fallait ménager sa sensibilité maladive, et laisser faire l'œuvre du temps qui apaise tout. Le travail allait être le grand remède à cette langueur, à cet abattement profond, auquel l'esprit du jeune homme était en proie, depuis son départ de France.

Comme ingénieur, M. Fabrice avait une haute mission d'humanité à remplir, il s'agissait d'endiguer un cours d'eau assez considérable, l'un des affluents du Mè-Kong, et d'assainir toute une contrée, infectée par des émanations pestilentielles.

Dès le premier mois de son arrivée, M. Fabrice s'occupa d'enrôler un grand nombre d'ouvriers pour que le travail se fît avec rapidité, essayant ainsi de conjurer la mauvaise chance de le voir interrompu par les maladies qu'on redoutait. M. Anget le secondait dans tous ses plans, et sa double expérience de voyageur et de marin lui fut souvent fort utile, pour donner un bon conseil à René, dont la science était exempte de morgue, et qui était heureux de trouver, dans la conversation de son ami, une si grande variété de connaissances.

Jamais le nom de Mme d'Algorre n'était prononcé au milieu de leurs épanchements les plus intimes. Quelquefois M. Anget racontait à René, sans lui en découvrir la cause, les souffrances et la mélancolie de Louise, à laquelle il voyait bien que le jeune homme commençait à porter un vif intérêt ; mais il se gardait, soigneusement, de s'appesantir sur les détails, et se contentait de glisser, çà et là, quelques phrases pour juger de l'effet produit.

On sentait que René n'osait pas se laisser aller à la douceur des souvenirs qu'on éveillait en lui, car il se croyait encore lié pour jamais à la femme hypocrite et fausse qui avait brisé sa vie !

II

Un jour que les deux amis visitaient ensemble les travaux, déjà fort avancés, de leur chantier, M. Anget dit à Fabrice :

— Je suis très-inquiet, j'ai reçu de mauvaises nouvelles de France ; la guerre a été déclarée à la Prusse, et nous avons perdu les premières batailles.

— Quoi ! dit René, les larmes dans les yeux, les Français ont été vaincus !... Mais j'espère qu'ils prendront leur revanche, et que le pied des étrangers ne foulera pas le sol sacré de la patrie ?

— Hélas ! mon ami, c'est là le plus affreux, c'est que ces victoires ont été gagnées chez nous au milieu de nos chères provinces d'Alsace et de Lorraine, cruellement menacées !

— Et alors, l'envahissement continue, et le pays est à la merci des Allemands ?

— Pas tout à fait encore ; mais la stupeur est grande, et je crains, pour l'avenir, de plus effroyables malheurs !

— Oh ! mon Dieu ! Savoir sa patrie en danger, et ne pouvoir voler à son secours, voilà un raffinement de supplice que je n'avais pu prévoir !

— Et quel est donc l'obstacle qui vous arrête ? J'allais précisément vous proposer de partir dans le plus bref délai.

— L'obstacle ?... Vous le connaissez bien ! Ne me forcez pas à nommer, encore une fois, la femme qui s'est attachée à mes pas pour attrister ma jeunesse et perdre mon avenir !

— Eh bien ! mon ami, je suis précisément chargé de vous apprendre la mort de celle qui sera toujours, pour nous, Mme d'Algorre, car il nous répugne, n'est-ce pas ? de l'appeler d'un nom qui doit rester sans tache.

René eut un tressaillement.

— Que dites-vous ?... Elle est morte ?... Et depuis quand ?... Pourquoi ne m'a-t-on pas averti ?

— Ah ! sa maladie n'a pas été longue ! Et d'ailleurs, que pouviez-vous faire pour elle, désormais ?

René Fabrice ne répondit rien ; une ombre de mélancolie recouvrit son visage, qui commençait à se rasséréner. La mort est une chose si solennelle qu'elle nous émeut, même lorsque nous ne regrettons pas ceux qu'elle a frappés de son doigt sinistre !

Malgré lui, René sentait qu'il avait une responsabilité dans ce dénoûment, et sa conscience lui reprochait un passé qu'il eût voulu oublier pour toujours !

M. Anget respecta ce silence, et lorsque, après un instant de réflexion, René lui prit la main, en lui disant : Allons faire nos préparatifs de départ ! il l'embrassa en témoignage d'affectueuse sympathie.

M. Fabrice pouvait abandonner l'entreprise qu'il surveillait, elle était assez avancée pour se terminer sans lui ; puis il laissait un contre-maître habile qui devait le tenir au courant des travaux qu'il espérait bien encore diriger de loin par ses conseils.

Il se rendit avec M. Anget au consulat, afin de prévenir l'autorité de sa résolution, et les deux amis, ayant le cœur plein d'angoisses et d'inquiétudes, profitèrent du premier vaisseau qui mit à la voile pour se rendre en France. Depuis les premières nouvelles reçues par M. Anget, ils n'avaient rien appris de certain ; mais de sourdes rumeurs, d'étranges murmures leur faisaient présager de nouveaux et plus grands désastres pour la patrie bien-aimée.

Lorsqu'ils arrivèrent, ils savaient déjà une partie de la vérité ; dans tous les ports où ils avaient touché, on leur avait parlé de l'invasion de la France, de ses défaites successives et du triste hiver qui aggravait encore les souffrances des soldats et celles des villes assiégées.

On était à la fin de décembre, lorsqu'ils débarquèrent à Brest ; rien n'était encore absolument perdu, mais tout était compromis ! Cependant ces deux hommes, qui avaient affronté tant de périls, n'étaient pas faits pour se décourager, en face d'une lutte qui, si elle était inégale, ne paraissait pas impossible, et devait au moins sauver l'honneur !

Ils ne pouvaient songer à aller dans le Midi retrouver les êtres qui leur étaient chers, il s'agissait avant tout de la France, de cette patrie qu'on aime d'autant plus qu'on vient de la retrouver, après une longue absence, mutilée, sanglante, et en proie à toutes les horreurs d'une guerre aussi insensée que coupable ! Il n'y avait qu'un parti à prendre, c'était de se mettre en route et de tâcher d'aller auprès du général Faidherbe qui combattait vaillamment contre une horde d'ennemis.

Les services que MM. Fabrice et Anget pouvaient rendre n'étaient pas à dédaigner, aussi furent-ils accueillis avec enthousiasme par le

15

brave général qu'ils étaient parvenus à rejoindre, à travers mille obstacles et mille dangers.

Malheureusement, ce petit corps d'armée, qui tenait tête aux Prussiens, ne pouvait à lui tout seul délivrer la France. Paris, le généreux Paris, en proie à la misère, au froid, à la faim, résistait, lui aussi, avec une grande énergie ; mais que peut la bonne volonté individuelle, lorsqu'il n'y a aucun plan d'ensemble, et que le salut de tous se trouve remis entre les mains du hasard !

Dans ces tristes conditions, la ville martyre, la noble capitale de ce beau pays de France, devait fatalement tomber, malgré son héroïque défense.

La capitulation de Paris après celle de Metz, après celle de Sedan, apparaissait, aux yeux des patriotes, comme le gouffre sombre où notre honneur allait s'engloutir avec ce qui nous restait de prestige.

Un cri de stupeur s'échappa des vaillantes poitrines où battait encore un cœur d'homme. René et son ami étaient parmi les naïfs qui vont droit devant eux, et ne comprennent rien aux calculs égoïstes des gens qui, au milieu de la désolation générale, songent à sauvegarder leurs intérêts particuliers. Ils mesuraient avec effroi l'étendue des fautes commises, la mollesse des caractères et l'étrange insouciance avec laquelle on envisageait les résultats terribles de cet affaissement dans la honte et dans le néant !

Ils déposèrent les armes le cœur brisé, et voulant se rendre compte par eux-mêmes des admirables efforts qu'avaient faits les Parisiens, ils entrèrent dans la capitale dès que les portes furent libres. Leurs âmes irritées se trouvèrent bientôt à l'unisson de ces esprits mécontents que l'indignation soulevait contre les faits accomplis.

— Que n'aurait-on pas pu tenter, disait René à son ami, avec une population si enthousiaste et si fière ?... Où sont donc les temps chevaleresques où nos armées marchaient pieds nus et sans pain à la victoire ? Mais vingt années d'empire ont passé par là, et les cœurs se sont engourdis dans une morne indifférence !

Ces réflexions amères traversaient l'esprit de
René comme la flèche aiguë d'un poignard. Non
qu'il fût partisan de la guerre et qu'il crût à la
nécessité du sang versé pour ajouter à la gloire
d'un peuple ! il avait horreur de ces massacres
et de ces luttes qui offrent à la mort de si funestes hécatombes ; mais du moment où l'on se
trouve dans l'obligation de défendre son pays
attaqué, il croyait, avec tous les nobles cœurs,
qu'on ne pouvait y mettre trop d'élan, de dévouement et de courage.

L'heure viendra où ces rencontres d'hommes
et de canons seront jugées comme elles le méritent. Alors les peuples sauront que ce n'est pas
en se ruant les uns sur les autres qu'ils servent
les intérêts de l'humanité ; ils comprendront que
leur vie est offerte en holocauste à l'ambition de
quelques princes, et ils refuseront de commettre
volontairement ce crime abominable de tuer des
frères, des concitoyens, car nous sommes tous
habitants de la même terre.

Mais alors ce ne sera pas par un lâche aban-

don d'eux-mêmes que les peuples se soustrairont
à la tyrannie de ce préjugé ; libres et désormais
maîtres de leurs destinées, ils auront changé de
point de vue, et les restes de l'antique esclavage,
dont nous subissons encore les meurtrissures,
auront disparu pour jamais des idées et des lois
qui régissent les hommes !

III

Il y avait alors, dans tous les cœurs aigris, une fermentation profonde. Les enthousiastes, ceux qui avaient rêvé la victoire, ne pouvaient se consoler de la déchéance morale que tant d'échecs successifs avaient infligée à leur pays. Ils cherchaient, à travers les ténèbres de ces événements obscurs dont ils ne saisissaient pas la trame, une lumière, un guide pour se reconnaître ; mais l'énigme semblait s'embrouiller de plus en plus, et ce n'était pas l'Assemblée, réunie à Bordeaux, pendant ces heures de trouble et d'effroi, qui allait pouvoir résoudre la question posée par le terrible sphinx se dressant ironique et implacable en face de l'inconnu !

Les premiers actes des représentants de la France parurent à tous les patriotes empreints d'une sorte de haine farouche pour ceux qui, après la chute honteuse de l'empire, avaient essayé de sauver le pays ! De là, la colère de Paris qui se sentit froissé, méconnu dans ses aspirations les plus légitimes, humilié, dédaigné et provoqué par tous les partisans des régimes déchus.

MM. Anget et René assistaient en spectateurs passionnés à ce drame douloureux où tant de vies précieuses allaient être jetées en pâture au minotaure de la guerre civile, et quoiqu'ils eussent le sentiment très-net des griefs sérieux que la capitale avait contre ceux qui la jugeaient avec tant d'hostilité, ils firent tous leurs efforts pour arrêter le mouvement à son début, et calmer l'agitation des groupes irrités qui se réunissaient dans les clubs où l'on entendait les premiers grondements qui précèdent l'orage.

Vaines tentatives ! La tempête était dans les

âmes, elle ne devait pas tarder à se déchaîner dans la rue !

Paris se trouvait dans une de ces situations anormales où tout blesse, où tout émeut ; l'amertume des sacrifices inutiles, l'insolence de ses adversaires devenus ses maîtres, devaient concourir à le jeter, tête baissée, dans ce tourbillon dangereux où les meilleurs eux-mêmes sont entraînés sans se rendre compte des malheurs qu'ils préparent !

Il y a des heures troubles dans la vie des peuples, et lorsque deux partis se trouvent aux prises, la notion du devoir devient obscure !

Paul et René, qui n'avaient pas vécu des mois entiers dans cette fournaise, voyaient mieux que les autres les piéges tendus, les défaillances possibles ; mais leurs paroles se perdaient au milieu de la foule et ne trouvaient point d'écho.

Ils auraient pu partir, abandonner cette population au délire de sa colère ; ils restèrent, non pour partager la folie qui bouillonnait dans ces cerveaux en détresse, mais pour adoucir les maux qui allaient fondre sur toute une ville.

Intrépides dans leur mission de dévouement et de charité, ils allaient aux avant-postes relever les morts et les blessés qu'ils soignaient dans une ambulance organisée par M. Anget. On connaissait leurs opinions, on les respectait, et personne ne chercha jamais à faire violence à ces deux hommes qui ne voulaient pas se battre, et ne souhaitaient autre chose que d'apporter un soulagement à tant de misères et de souffrances accumulées autour d'eux !

Lorsque la Commune fut vaincue, après les terribles journées de mai, ils ne se firent aucune illusion sur le sort qui les attendait. Ils n'avaient pas quitté Paris, alors qu'on avait rappelé tous ceux qui avaient fait partie de l'armée régulière, et leur ambulance contenait un assez grand nombre de fédérés blessés ou malades qu'ils ne voulaient pas livrer à la justice sommaire des premiers moments pour qu'ils fussent accusés de connivence avec les gens de la Commune.

15.

Ils réussirent en effet à soustraire ces malheureux à toutes les recherches, et ne se décidèrent à penser à leur propre salut que lorsqu'ils eurent assuré celui de leurs hôtes.

Cependant René souhaitait ardemment de retrouver sa famille, et quel que fût son dégoût de la vie, il avait soif d'embrasser sa vieille mère, et de recevoir encore la bénédiction de ce père dont il avait si cruellement attristé les derniers jours.

M. Anget, qui n'avait pas faibli au milieu de ces cruelles épreuves, et se sentait un peu responsable des actes de son ami, chercha, avec lui, un moyen de fuite. Il fallait se cacher d'abord, afin de laisser calmer l'effervescence des premiers jours, et combiner un plan pour s'échapper de Paris, lorsque le plus grand danger serait passé.

Mais ils avaient compté sans la fureur de dénonciation qui possédait toutes les âmes viles; ils n'avaient pas plutôt trouvé asile chez un de leurs amis qu'ils étaient obligés de chercher un refuge ailleurs. Traqués, comme des bêtes fauves, dès qu'ils avaient mis le pied dans une maison, cette maison devenait suspecte, et dans la crainte de compromettre ceux qui se dévouaient généreusement pour eux, ils aimaient mieux s'éloigner.

Cette vie de ruses, de guet-apens ne tarda pas à les lasser; un jour, M. Anget annonça à René qu'il s'était procuré des habits de paysan, de fausses barbes, des perruques, et qu'à l'aide de ce déguisement, ils allaient essayer de sortir, espérant qu'on les prendrait pour des fermiers des environs, rentrant chez eux, après avoir apporté des provisions à Paris.

René accepta cette proposition avec enthousiasme; lui aussi, il en avait assez de cette existence misérable, et il lui tardait de pouvoir marcher au grand jour, la tête haute, comme un honnête homme qu'il était, au lieu de vivre à l'ombre de caves humides et noires où les pensées les plus sombres hantaient son cœur et son cerveau !

Les précautions avaient été si bien prises par

M. Anget qu'ils purent bientôt se croire à l'abri de toute poursuite.

Ils étaient sortis du côté de Saint-Denis, et ils marchaient dans la campagne, portant légèrement leurs grands paniers vides, et commençant à se sentir rassurés par la vue de ces champs paisibles où le spectacle de la mort et de la fusillade ne se présentait pas sans cesse à leurs yeux; malheureusement, les vainqueurs ne se bornaient pas à faire saisir, dans Paris, tous ceux qui, de près ou de loin, paraissaient avoir appartenu à la Commune; il y avait des agents déguisés qui parcouraient les environs, afin d'arrêter tous ceux qui espéraient échapper, par la fuite, aux recherches dont ils étaient l'objet.

Ce fut dans un petit village à l'aspect inoffensif, où MM. Fabrice et Anget se reposaient depuis un instant, qu'ils se virent tout à coup entourés par un détachement envoyé en reconnaissance dans la banlieue.

On leur demanda leurs passe-ports, ils n'en avaient point; de simples paysans qui reviennent du marché n'ont aucun besoin de s'occuper de cette formalité gênante; mais leurs mains blanches et cet air de distinction dont on ne se dépouille jamais, sous quelque costume qu'on le cache, les firent paraître suspects. On les ramena à Paris où ils furent facilement reconnus, car ils s'étaient multipliés pendant leur séjour dans la capitale, et chacun avait pu les voir à l'œuvre.

On les envoya à l'Orangerie de Versailles avec d'autres malheureux, entassés comme un véritable troupeau, dans ce lieu infect dont la chaleur du mois de juin rendait le séjour insupportable.

IV

Cependant, M. Anget avait obtenu, grâce à ses démarches multipliées, la permission d'écrire à la famille de René.

Depuis que M. et Mme Fabrice savaient leur fils de retour en France, et qu'ils avaient appris sa participation aux terribles événements de ces derniers mois, ils étaient dans une inquiétude mortelle, et la pensée des dangers que pouvait courir René ne leur laissait pas une minute de repos.

Cette angoisse était partagée par Louise, qui n'avait pas cessé d'aimer le compagnon de sa jeunesse, et qui conservait, au fond de son cœur, le foyer ardent de cette passion pure et inavouée, mais toujours vivace !

Lorsqu'elle connut l'affreux malheur de son ami, elle crut enfin pouvoir sortir de la réserve qu'elle s'était imposée jusque là, et elle demanda à sa mère s'il ne leur serait pas possible d'accompagner M. et Mme Fabrice, dans le pénible voyage qu'ils allaient entreprendre pour se rendre à Versailles.

Mme de Mérigny, comprenant la pensée de dévouement qui inspirait sa fille, s'empressa d'accéder à son désir, et les deux nobles femmes se mirent en route avec les parents de l'infortuné jeune homme. Il fallut bien des protections pour obtenir de voir les prisonniers ; cependant, Mme de Mérigny ne voulut pas gêner l'intimité de cette première entrevue, et elle résista aux prières de Mme Fabrice qui voulait l'emmener avec elle. Mais celle-ci était trop vivement touchée de la sympathie que lui avait témoignée Louise, pour ne pas parler d'elle à René. Le jeune homme, ému à la pensée qu'il était l'objet d'une si tendre sollicitude, insista auprès de sa mère, pour qu'elle lui promît d'amener Mlle de Mérigny à sa prochaine visite.

On ne pouvait voir les prisonniers tous les jours, et il se passa bien une semaine avant que Mme Fabrice pût tenir la parole qu'elle avait donnée à son fils.

Ce jour vint pourtant ! Les deux jeunes gens l'attendaient avec une égale impatience. René se souvenait, non sans attendrissement, des journées heureuses où il avait vécu près de Louise, il se rappelait ses grâces naïves, ses joies enfantines, et en même temps il retrouvait, dans sa mémoire, les conversations sérieuses, les pensées élevées qu'ils avaient échangées ensemble, sur les plages de cette mer bleue qui baigne les côtes de leur pays, et qui les berçait doucement de ses molles tiédeurs, en les enveloppant du prestige de ses divins paysages !

Oh ! pourquoi n'avait-il pas compris alors tout le charme de cette délicieuse enfant ? Comment n'avait-il pas deviné la suavité poétique de cette imagination en fleur ?... Il n'aurait pas connu la fée Mélusine, dont l'ombre noire semblait toujours s'étendre sur sa vie; il n'aurait pas été désespéré, il ne serait probablement pas parti pour nos colonies lointaines !... Il aurait servi la patrie, près des siens, dans une position heureuse, et aujourd'hui, qui sait ?... il ne serait peut-être pas aux prises avec les événements terribles, au milieu desquels il se débattait!

De son côté, Louise, qui n'avait pas vu René depuis les jours heureux qu'il avait passés à Vallauris, avant son fatal mariage, se demandait si elle allait le trouver bien changé, si lui-même la reconnaîtrait, et enfin, chose plus grave, s'il lui serait possible de le voir sortir de cette odieuse prison pour être rendu à la liberté, au bonheur...

Lorsque la jeune fille aborda René, le même choc se produisit dans leurs âmes ; le passé maudit s'effaça tout à coup, et il leur sembla que rien jamais ne les avait séparés.

Fabrice fut frappé de la beauté sérieuse de Louise. « Les yeux qui ont pleuré, dit le poëte, ont plus de profondeur, plus d'attraction magnétique, » et le jeune homme en ressentit l'influence enivrante !

Quant à la pauvre Louise, son cœur se brisa en retrouvant, ployés sous l'adversité, les deux amis qui avaient si fortement occupé son imagination depuis quelques années.

M. Anget avait vieilli ; son regard si bon éclairait seul cette physionomie que l'injustice des hommes attristait, sans l'irriter ! Il supportait avec résignation la souffrance pour lui-même ; mais il ne pouvait envisager, sans un douloureux effroi, le recul que de telles secousses font subir à l'humanité en marche pour conquérir la science et le progrès.

Il tendit à Louise ses deux mains amaigries, et celle-ci, comme poussée par une attraction irrésistible, se mit à embrasser ces mains chères qui l'avaient soutenue, dans les mauvais jours, avec une si affectueuse tendresse. Mais M. An-

get, la relevant, la serra dans ses bras et la conduisit près de René que la jeune fille n'osait
regarder, tant elle redoutait l'émotion poignante
qu'elle allait éprouver à la vue de celui qu'elle
aimait ! Mais, plus prompt que l'éclair, René
avait à son tour pressé Louise sur son cœur et
mis un baiser sur son front pâle.

— Oh ! merci, lui dit-il, combien vous êtes
bonne d'avoir pensé aux pauvres prisonniers et
d'être venue, de si loin, leur apporter vos consolations précieuses et le rayon de soleil de votre
présence !

— Ne me remerciez pas, René, lui répondit
la jeune fille d'une voix étouffée, depuis longtemps toutes mes pensées sont à vous, et je
n'eusse jamais osé vous le dire, sans le malheur
qui vous accable !

— Oui, chère Louise, je suis bien infortuné !...
Mais j'ai envie de bénir mon infortune, puisque
c'est elle qui me vaut le bonheur que j'éprouve
en ce moment !

Et au milieu de ce cachot lugubre, en dépit

des angoisses morales qui les torturaient, Louise
et René échangèrent leurs premiers serments
d'amour, et confondirent leurs âmes dans une
sublime étreinte qui transformait, pour eux, le
hideux parloir des prisonniers en un de ces su-
blimes palais que la joie embellit de ses plus ra-
dieuses couleurs !

Mais cette illusion charmante dura l'espace
d'un éclair !... L'heure inexorable avait sonné,
et il fallut se dire adieu !...

Adieu !... ce mot si triste qui met tout à coup
un abîme entre les mains pressées, entre les
cœurs unis, devient amer comme un sanglot,
lorsqu'il est prononcé par deux êtres qui s'aiment
éperdument, et qui n'ont pas de lendemain !
Les lèvres disent : au revoir ! et la pensée mesure avec épouvante l'obstacle qui peut à jamais
séparer de ce lendemain qu'on attend et qu'on
redoute, glacé par le frisson de l'angoisse !

Il se passa bien des jours avant que Louise pût
revoir son bien-aimé. On allait procéder à l'in-
terrogatoire des deux amis, et l'autorité militaire

ne voulait pas que les bruits du dehors vinssent apporter une diversion aux préoccupations des accusés.

Cette semaine fut pénible pour Paul et René, car ils ne connurent pas tout d'abord le motif qui les privait de la visite tant attendue !

Et cependant, il y avait désormais entre eux un nouvel élément de causerie et d'espérance ! Fabrice s'étonnait de ne pas avoir entrevu plus tôt l'idéal de paix et de bonheur qu'aurait pu lui apporter cette enfant à l'aurore de sa vie ; il sentait toute l'amertume de ses regrets, en même temps que l'impuissance où il se trouvait de réparer les erreurs de son passé !

Et en effet, quels projets pouvait-il former, maintenant qu'il était aux prises avec toutes les inquiétudes de l'inconnu, condamné à subir un de ces douloureux procès qui allaient être le dénoûment du drame terrible de la Commune?... Sortirait-il acquitté du tribunal où siégeait le conseil de guerre qui déciderait de son sort ?... Cruelle question qui le désespérait, non pour lui, mais pour tous ceux qui l'aimaient ; pour Louise, pour sa mère, pour ce père vénérable qui ne l'avait pas maudit au jour de sa colère, et dont il aurait voulu maintenant entourer la vieillesse d'une auréole de joie, de bonheur et de tendresse !

M. Anget ne souffrait de cette situation pénible que pour les autres ; depuis longtemps il avait renoncé à toute satisfaction personnelle, et peu lui importaient les douleurs infligées par des adversaires politiques, quand il portait, au fond de son âme, la plaie toujours béante d'un éternel regret, et d'un effroyable malheur ! Il avait concentré sa vie et ses pensées d'avenir sur le petit groupe d'amis auxquels il s'intéressait si vivement, et il ne voyait pas sans terreur la tournure violente que prenaient les événements.

Deux jours avant de les faire paraître devant le tribunal qui devait les juger, on accorda aux parents de René et à Mme de Mérigny la permission de visiter les prisonniers.

Cette entrevue fut solennelle, et les plus graves

questions s'y agitèrent. Louise, poussée par son amour et par le sentiment d'un grand devoir à remplir, déclara à René que, quelle que fût la solution de son procès, elle était décidée à le suivre partout où il irait, dans une forteresse ou en exil.

— Là où vous serez, mon ami, là, pour moi, sera le bonheur!

René se défendait faiblement d'accepter un si grand sacrifice, d'abord, parce qu'il espérait qu'il serait inutile, ne croyant pas pouvoir être condamné sans avoir commis aucun crime ; et puis, faut-il l'avouer, il éprouvait une joie délicieuse, au milieu de son chagrin, à voir la grandeur et la puissance de l'affection de Louise. C'était là, vraiment, la femme forte et sincère, telle qu'il avait rêvé que devait être la sienne, telle qu'il avait cru l'avoir rencontrée une fois, hélas ! Mais alors il s'était lamentablement trompé, et les sentiments vrais que Louise exprimait si noblement, lui faisaient encore mieux sentir la profondeur de l'abîme où il était tombé !

— Oh! ma bien-aimée Louise, répondait-il aux protestations de la jeune fille, oui, vous serez ma femme, je le jure! Mais je ne veux pas que vous partagiez le triste sort d'un proscrit. Si mes ennemis obtiennent ma condamnation, nous attendrons des jours meilleurs pour unir nos deux destinées. Il serait profondément égoïste de ma part de vous enlever à votre pays, à votre famille, à tout ce qui vous entoure et vous chérit !

— Ne parlons pas de moi, René, parlons de vous ; dans quelques jours, votre sort sera décidé, et je souhaite de toute mon âme qu'on vous rende à la liberté ; mais je vous en conjure, ne m'arrachez pas cette consolation suprême de penser que si vous êtes malheureux, vous ne refuserez point de me laisser partager vos épreuves !

— Je ne suis pas digne d'un tel dévouement !

— Oh! René, ne dites point ces choses qui me percent le cœur ! Depuis que je vous connais, je vous aime ! je vous admire, et si j'ai souffert par vous, je n'en sens que mieux le prix de votre affection et de votre tendresse !

— Pauvre chère âme ! comment pourrai-je jamais te rendre le bien que tu me fais ?

Et il pressait ses mains dans les siennes, heureux et ravi, en dépit de ses fers !

16

V

Le jour solennel était arrivé ; le conseil avait déjà jugé plusieurs affaires, lorsqu'on appela la cause de M. Anget et de M. Fabrice. On les avait confondus dans la même accusation.

Le réquisitoire du gouvernement fut accablant. On ne pouvait reprocher aux deux amis d'avoir pris les armes pour la défense de la Commune ; mais il y avait un autre crime qu'on ne pardonnait pas plus facilement, c'était celui d'avoir usurpé des fonctions. Et en faisant partie de la ligue de la paix, en organisant des ambulances, en allant sur le champ de bataille pour ramasser les blessés, dans les bureaux où ils avaient rendu mille services à tous, sans distinction de partis et d'opinions, ils paraissaient avoir travaillé pour le succès des fédérés, et on demandait contre eux l'application de la peine la plus sévère, après la peine de mort qu'on ne pouvait réclamer en cette circonstance.

Ce fut en vain que leurs avocats plaidèrent avec éloquence, et qu'ils essayèrent de prouver qu'il n'y avait rien dans la conduite de leurs clients qui pût se rattacher à aucun fait insurrectionnel, on ne tint nul compte de leurs protestations généreuses, et dans ce moment de fièvre où l'on se ressentait encore des ardeurs de la lutte, M. Anget et M. Fabrice furent condamnés à la déportation dans une enceinte fortifiée.

C'était l'exil, compliqué de la détention ! Et dans quel pays !... La Nouvelle-Calédonie, au milieu de l'océan Pacifique, à des milliers de lieues de la France !...

Le coup fut terrible, non qu'il fût inattendu, hélas ! Mais quel est celui qui, en face des plus grands dangers, ne conserve pas au fond du cœur une lueur d'espoir ?...

Maintenant, tout était bien fini !... Un appel ?... Un recours en grâce ?... A quoi bon le tenter ? Il était inutile de prolonger davantage le supplice de l'incertitude et de l'attente !... Il fallait se résigner, partir pour une de ces forteresses qui sont comme le vestibule de cette terre maudite, où tant d'infortunés gémissent loin de leurs familles et de leur pays !

Paul et René n'avaient aucun reproche à se faire ; ils n'en sentaient que plus douloureusement le poids du châtiment qui les frappait. Tous les deux avaient rempli un grand devoir d'humanité, et ils étaient punis comme des coupables !...

VI

La pauvre Louise, désespérée, mais forte de son grand courage, et de sa pensée de dévouement, a voulu tenir sa promesse, et René a obtenu la permission d'accomplir son mariage avec Mlle de Mérigny, avant de quitter la prison.

Cette union, qui aurait pu se conclure, autrefois, dans des conditions si heureuses, avait été scellée entre les murs froids et humides d'une maison de détention, et pourtant, c'était avec enthousiasme que Louise avait mis sa main dans la main de René! Pour elle, le condamné était un héros, et son amour sublime grandissait encore à force d'admiration. Elle voulait, par ses soins, par sa tendresse infinie, essayer, si c'était

16.

possible, de faire oublier au prisonnier l'horreur de sa situation! Elle l'avait suivi jusqu'à l'île de Ré où il attendit, en compagnie de M. Anget et de bien d'autres, le moment fatal de son embarquement.

Pendant ces quelques mois, qui sont, pour ainsi dire, le stage de l'exil, les familles Fabrice et de Mérigny employèrent toute l'influence qu'elles pouvaient avoir à solliciter une commutation de peine; mais toutes leurs démarches restèrent sans résultat; les deux condamnés durent partir!

Les adieux de René et de Louise furent déchirants; ils ne pouvaient s'embarquer ensemble, les règlements s'y opposent. M. Anget et M. Fabrice allaient faire le douloureux voyage sur un bâtiment de l'État, et Louise devait prendre passage sur un paquebot anglais qui la conduirait d'abord à Sydney, d'où elle irait ensuite à la terre des proscrits rejoindre son époux.

C'est toujours une chose pénible et cruelle

que la séparation ; mais lorsqu'elle est aggra-
vée par tous les hasards que la mer peut faire
courir à ceux qui se confient à ses flots, elle devient une souffrance intolérable !

— Ce qui me rassure un peu, disait Louise à
René, c'est que je ne te laisse pas seul ; tu as
auprès de toi un ami dévoué, et je sais que tout
ce qu'il sera humainement possible de faire en
ta faveur, il le fera !

— Oui, ma chère Louise, n'en doutez pas !
N'ayez aucune préoccupation à notre sujet, son-
gez aux préparatifs de votre départ, et puisque
vous l'avez voulu, chère enfant courageuse et
aimante, venez nous retrouver bien vite ; votre
présence fera, pour nous, une seconde patrie
de la terre étrangère, et nous oublierons tous
nos maux en entendant le doux son de votre
voix !

René ne disait rien ; il était trop ému. Ses
yeux, remplis de larmes, exprimaient assez le
chagrin de son cœur ; mais les paroles de son
ami lui faisaient du bien, il lui savait gré d'adres-

ser, à Louise, les recommandations suprêmes
qui étaient sur ses lèvres, et qu'il n'avait pas la
force de prononcer lui-même.

Un dernier baiser s'échangea entre les deux
époux, puis une grille s'ouvrit, des verrous se
tirèrent ; c'en était fait ; l'Océan allait répondre
de la vie de ces deux êtres qui ne pouvaient plus
exister l'un sans l'autre !

Ce terrible voyage autour du monde rappelait à Paul et à René celui qu'ils avaient entrepris, deux ans auparavant, pour aller en Cochinchine.

Ils étaient libres alors ! mais si tristes !

Aujourd'hui, ils partent, soumis au régime
des forçats, et leur tristesse est encore plus
grande !

Mais elle a changé de nature ; cette fois, ils
regrettent la France qu'ils craignent de ne plus
revoir.

René a le cœur plein d'amour, et pourtant, il
se demande si le sacrifice héroïque qu'accom-
plit sa chère Louise ne sera pas au-dessus des

forces de cette jeune femme, toujours si délicatement élevée, si tendrement soignée, ayant
vécu sous un climat délicieux, où les souffles de
la brise ne sont jamais refroidis par les glaces
du Nord, ni brûlés par les chaleurs des tropi-
ques ? Va-t-elle supporter la rude existence qui
l'attend aux côtés de son mari ?...

Toutes ces pensées l'agitent et le rendent
sombre. Paul a bien de la peine, dans les rares
instants où la pitié du commandant leur permet
de se promener sur le pont, à attirer son attention vers les grands spectacles de la nature, qui
laisse voir ses splendeurs aux proscrits comme
aux heureux de ce monde; car pour elle, l'éga-
lité vraie n'est pas une loi de convention !

Mais il faut dire qu'une âme satisfaite est
plus apte à jouir des calmes beautés d'un paysage grandiose que l'imagination inquiète des
malheureux que tout rappelle au souvenir de la
patrie absente !

Les deux familles Fabrice et de Mérigny ne
savent à quel parti se résoudre ; suivront-elles

leurs enfants par delà l'Océan, et désespéreront-elles des chances de l'avenir ?

Cruelles et douloureuses questions qu'elles se sont posées au moment du départ de Louise, et que, souvent, depuis cette époque, elles se sont adressées avec angoisse !

. . . .

Mme de Mérigny aurait bien voulu accompagner sa fille ; mais son mari vieux et malade réclamait ses soins, elle a dû laisser partir son enfant bien-aimée, et revenir à Vallauris où elle a retrouvé M. et Mme Fabrice qui, comme elle, attendent des jours meilleurs !

La pauvre mère écrit à sa fille des lettres touchantes où se retrouve l'expression des sentiments de douleur et d'espérance qui flottent à l'horizon de tous ces cœurs blessés.

« Chère Louise, lui dit-elle, en t'envoyant ces
« lignes, que je mouille de mes larmes, je songe
« tristement au long chemin qu'elles vont faire
« pour aller te retrouver et t'apporter quelques-
« unes des consolations que tu sais si bien don-

« ner, toi-même, à ceux qui souffrent, loin
« de cette France où nous vous pleurons avec
« tant d'amertume!

« Mais nous ne pouvons croire que nous ne
« vous reverrons pas bientôt; la patrie a besoin
« de tous ses enfants ; les regrets et les plaintes
« qui s'élèvent de ces contrées sauvages, deve-
« nues un lieu d'exil, finiront par vaincre tous
« les obstacles qui s'opposent à ce retour que
« nous désirons si ardemment.

« Oh! oui, ce jour viendra, mon cœur de mère
« ne saurait en douter, et ce foyer de la famille,
« si désert et si morne aujourd'hui, retrouvera
« sa gaieté et son animation, lorsque nous y se-
« rons de nouveau réunis tous ensemble, et que
« notre vieillesse délaissée pourra se réjouir en-
« core, et se réchauffer aux rayons purs et doux
« de votre jeunesse et de votre bonheur! »

SAINT-GERMAIN. — IMPRIMERIE D. BARDIN.

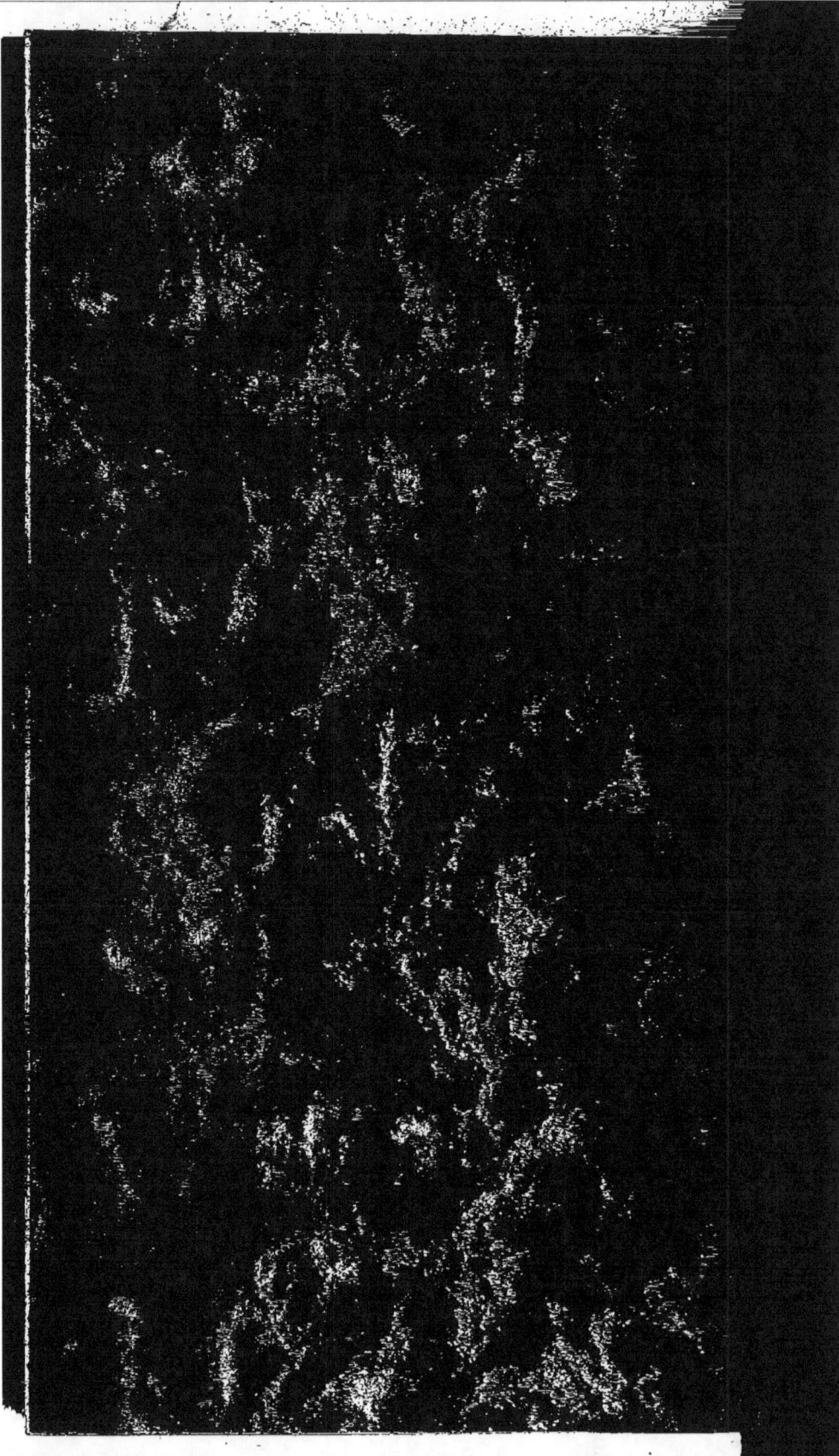

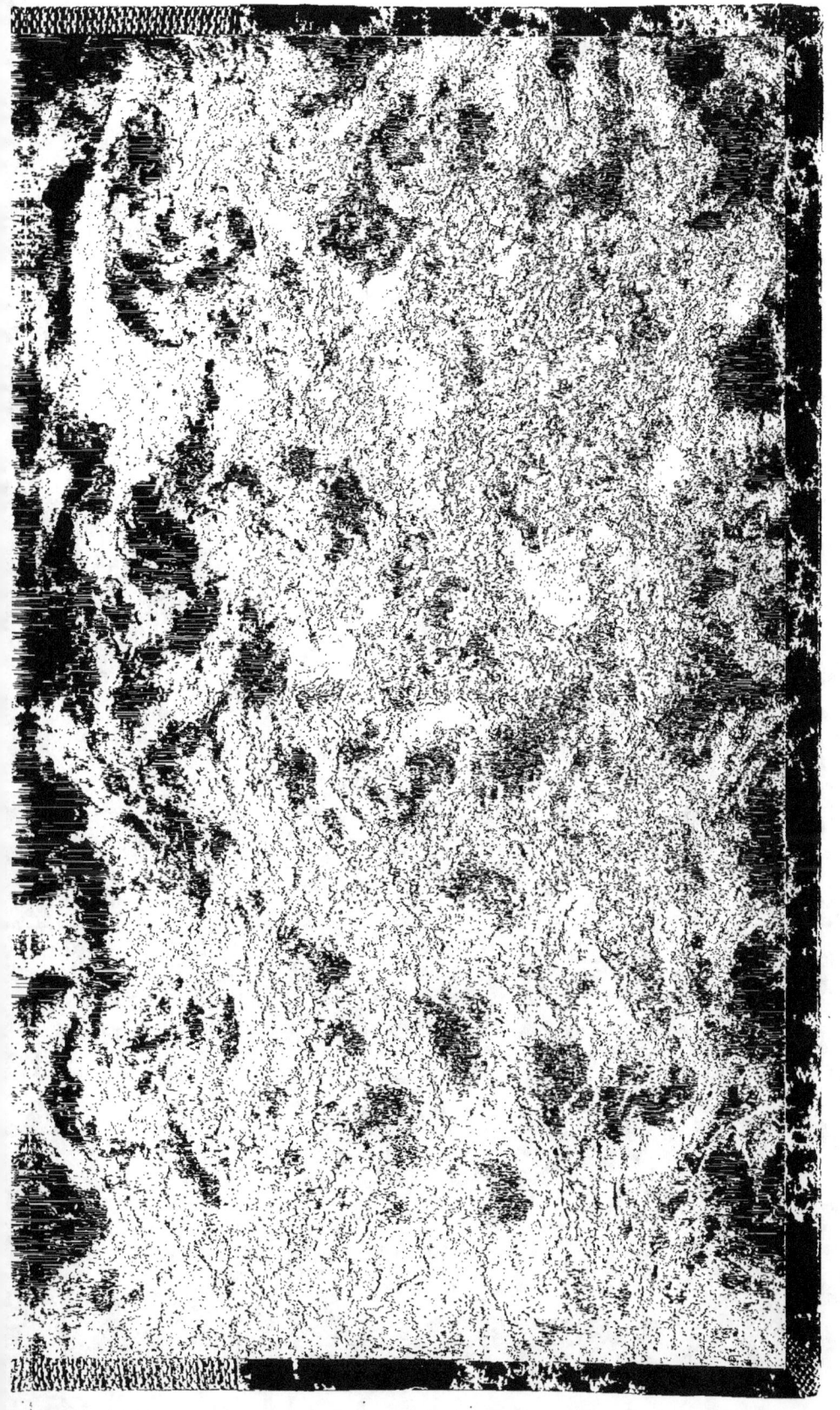

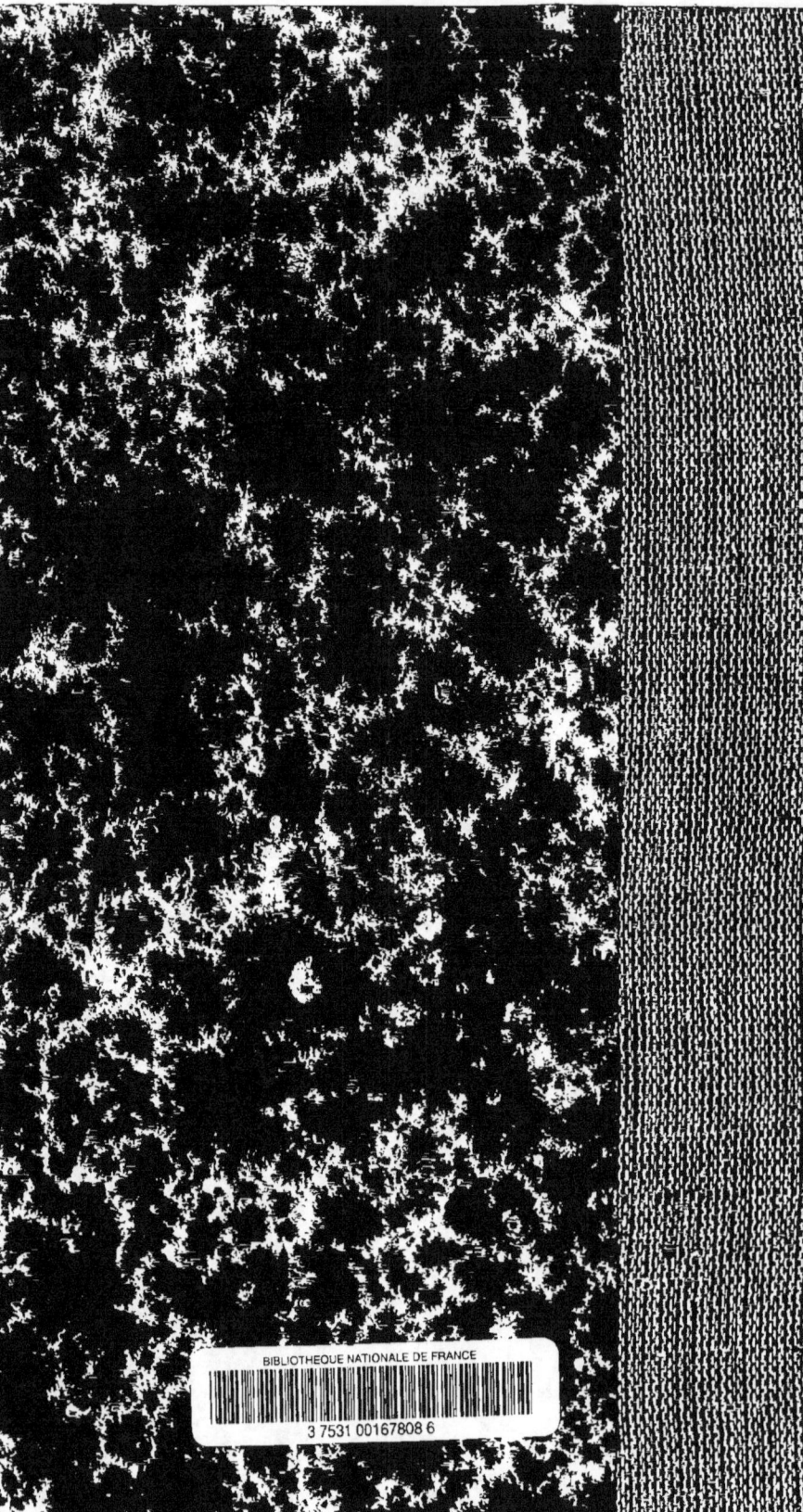